Triage.

Triage.

Cuentos de guerreros y combate para formar en valores.

Dr. Rafael Acuña Prats

Número de Control de la Biblioteca del Congreso de EE. UU.:		2019900705
ISBN:	Tapa Dura	978-1-5065-2788-8
	Tapa Blanda	978-1-5065-2787-1
	Libro Electrónico	978-1-5065-2786-4

Información de la imprenta disponible en la última página.

Fecha de revisión: 27/02/2019

Para realizar pedidos de este libro, contacte con:
Palibrio
1663 Liberty Drive, Suite 200
Bloomington, IN 47403
Gratis desde EE. UU. al 877.407.5847
Gratis desde México al 01.800.288.2243
Gratis desde España al 900.866.949
Desde otro país al +1.812.671.9757
Fax: 01.812.355.1576
ventas@palibrio.com
790572

ÍNDICE

DEDICATORIA

A Rocío:
Faro alegre que guía, y mi alma gemela en el universo.

A mis hijas e hijos:
Alegría que pinta de colores intensos, la vida, y la razón de mi vida.

A mis Padres:
Ejemplo de tenacidad, perseverancia y rectitud sin límites.

A mis compañeros de Hospitales y de las Fuerzas Armadas:
Vivo ejemplo de lealtad, sacrificio y amor sin límites; a sus pacientes y a México, con quienes he tenido el privilegio de llevar una vida de servicio.

A mis maestros:
Del pasado, presente y futuro, quienes con paciencia iluminaron mi camino.

Y a ti amigo lector, en todos los lugares y de todos los tiempos:
Deseando que disfrutes de este libro tanto como yo en escribirlo.

PRÓLOGO

Inspiración y pasión. Esos son los secretos del autor.

Cuando salí con él y lo escuche por primera vez en un café de manera informal no podía creer que estaba frente a una persona que pudiera sacar de su alma tales ideas que lograron hacerme vivir su lectura y hacerme sentir la necesidad de saber más del contenido de sus escritos.

Como buen escritor el desenlace siempre era inesperado y no podía visualizarlo hasta el último párrafo.

Estaba asombrada de lo que podía transmitirme a través de su lectura y de su pasión por la cultura de los aztecas, mayas y otros pueblos prehispánicos.

Desde el primer momento que lo escuche supe que ese era mi hombre y terminé casada con él, cautivada por sus ideas y la lectura de sus cuentos.

Hoy soy testigo de su interés por dar a conocer a cada persona que se lo permite su combinación de historias, cultura y principios que cobran vida en cada párrafo de la narración de estos bellos cuentos.

Combinar a nuestros ancestros, sus valores, las estrategias de combate y los principios morales que perduran a través del tiempo es un verdadero deleite para la mente.

Estoy segura de que los escuchare toda mi vida con la plena convicción de que trascienden y siguen vigentes hasta el día de hoy.

Dra. Rocío Torres Méndez.

TRIAGE

"Así que los conceptos éticos están ahí pre-programados en nuestra corteza cerebral y Dios se encuentra siempre presente como una energía positiva, pura e intangible en toda la naturaleza que vemos y en todos los seres humanos. Una sola energía común para todos, sean judíos, musulmanes, cristianos, budistas, o ateos.

Una sola energía vivificante y poderosa, la misma, no puede haber dos, no importa el símbolo religioso con que la etiquetes.

Y a la misma energía todos volvemos después de la muerte, para formar uno.

Una sola, una sola energía, compuesta de la suma o fusión de la energía de cada ser viviente que se le une después de un largo proceso de enseñanza, aprendizaje y perfeccionamiento."

TRIAGE

El rotor del helicóptero ya giraba a toda velocidad cuando el grupo de reacción inmediata se aproximó.

De manera automática el personal de salud uniformado se agachó reduciendo su silueta, mantenía su cabeza baja, pues es bien sabido que las palas del rotor principal tienen tal flexibilidad que pueden tocar el terreno o la cubierta de vuelo cuando hay aire cruzado.

La alerta se había transmitido como una vertiginosa cascada de órdenes donde interactúan partes electrónicas y humanas para transmitir la necesidad de auxilio desde un remoto sitio donde había sido herido el personal.

Habían venido desde tierras lejanas a brindar ayuda humanitaria y estabilización de las zonas en conflicto formando parte de los cascos azules en una guerra que no acababan de entender.

Llevaban ya diez meses desplegados y la moral del grupo médico empezaba a flaquear a pesar de un largo programa de adoctrinamiento antes del traslado del personal.

La fatiga pesaba cada día como una lápida que se arrastraba a lo largo de las faenas. Se sentía en los músculos, los tendones, y las articulaciones, pero sobre todo, se sentía en aquella parte donde los analgésicos y los antiinflamatorios no podían aliviar el dolor. Con cada vida que se les escurría de las manos como agua entre los dedos mientras luchaban con ahínco para salvarla en cada eslabón de la cadena de la vida, desde la atención pre-hospitalaria, el camillaje de los heridos, el traslado aéreo, la reanimación en el cubículo de choque, el tratamiento quirúrgico y de terapia intensiva.

Sí, ese peculiar dolor, transmitido por cada paciente producto de la empatía y de la teoría de las neuronas en espejo. Ese dolor lo sentía todo el personal de sanidad aquí desplegado, en un reprimido lugar de su corteza cerebral y de su sistema límbico. Ya se tratara de médicos, enfermeras, paramédicos, pilotos, personal de trabajo social y administrativo en algo que se engloba actualmente como el síndrome de stress postraumático.

Quizás era ahí el rincón de la corteza cerebral donde habita el alma.

El helicóptero despegó en cuanto se cerraron las puertas, la tripulación de 4 elementos más piloto y copiloto era altamente efectiva en su trabajo y estaba conformada de médico, enfermero táctico y dos paramédicos, los cuales habían sido nombrados de acuerdo al rol, para las misiones de búsqueda y rescate de ese día. Entrenados para brindar seguridad, repeler el fuego o las propias de su servicio como sanidad.

A diez meses de ese intenso trabajo los movimientos ya se realizaban de manera automática sin tener que pensar en ellos. A diferencia de los gritos y llantos de los heridos durante el vuelo, eso siempre calaba hondo en el espíritu de toda la tripulación, aunque no fueran conocidos, compatriotas o inclusive aunque fueran enemigos. Todo ese sufrimiento y dolor traspasaba la barrera del idioma. A veces preferían que el paciente estuviera chocado o con traumatismo craneoencefálico severo, así por lo menos ya no había gritos o quejidos.

Mientras volaban al sitio de la extracción Ricardo iba pensando cómo podían dos países con gente que cree en Dios estar inmersos en semejantes matanzas por diferencias religiosas. Por su Dios, por su Dios las peores guerras en la hoguera del odio.

El azul profundo del cielo por momentos lo abstraía por completo de su entorno. El ensordecedor sonido y la vibración de los rotores y las turbinas del helicóptero se habían ido apagando poco a poco, producto de la habituación, desinterés y meditación en la que había entrado Ricardo.

Los auriculares que llevaban puestos en esta fase de la misión se mantenían en silencio, Los paramédicos enfrente de él inclusive cabeceaban por la fatiga habituados ya a dormir donde fuera mientras no estuvieran disparando.

-   ¿Cómo es que tu Dios y mi Dios no coinciden en los mismos principios?, ¿Cómo puede pasar esto?, ¿Porqué los caminos de Mahoma, Yahvé, o Cristo se apartaban cada vez más?

La respuesta solo podía estar en la parte humana. En los malos líderes que manipulaban a las grandes masas atizando el odio que les permite llegar al poder y el odio, es precisamente el mejor vehículo para lograr sus objetivos. Precisamente como alguna vez lo hiciera la esvástica.

Ricardo se asomó por el ojo de pescado, la ventana en forma de domo que llevan en babor para las maniobras de rescate. De manera inmediata su retina captó una bella impresión panorámica de nubes, blancas en un azul, azul eterno. Por algo eran esos los colores de la bandera de la ONU, una visión que transmitía una enorme paz.

Los pocos momentos donde el personal experimentaba paz.

El único sentido que para Ricardo tenía aquella guerra eran los esfuerzos que todo los días hacían por salvar al mayor número de víctimas fueran del lado que fueran, y especialmente cuando se trataban de civiles heridos por balas pérdidas o niños que pisaban minas.

Mientras miraba un susurro, alcanzó los rincones de su corteza cerebral. Un atenuado soplo de sabiduría como para que no quedara ninguna duda.

- Los principios divinos si son los mismos, sea la religión que sea, y cada ser humano en su corazón los conoce de manera intuitiva y sabe diferenciar siempre entre el bien y el mal.

Así que los conceptos éticos están ahí pre-programados en nuestra corteza cerebral y Dios se encuentra presente como energía positiva, pura e intangible en todo lo que vemos y en todos los seres humanos. Una sola energía común para todos, sean judíos, musulmanes, cristianos, budistas o ateos. Una sola energía vivificante y poderosa, la misma, no puede haber dos, no importa el símbolo religioso con que la etiquetes. Y a la misma energía todos volvemos después de la muerte para formar uno. Una sola energía compuesta de la suma de cada ser viviente que se le une después de un largo proceso de enseñanza, aprendizaje y perfeccionamiento.

Y la energía no se crea ni se destruye, solamente cambia de forma pensó Ricardo. Para redondear sus pensamientos o los que le habían sido inspirados. Ahí van todos los heridos que no podemos salvar. Pensó con tristeza.

Era poco esperado que estos pensamientos ocurrieran en medio de un conflicto bélico. Un suspiro de alivio no tardo en salir de su pecho mientras observaba todas las piezas del rompecabezas juntas.

- Pero divide y vencerás.

¡Claro! Ésta era la única razón de avivar las cenizas del odio. De alimentar las diferencias, de apartar los caminos de las diferentes religiones del mundo. Pero hasta que punto habíamos llegado.

El helicóptero empezó el descenso. Se estaban aproximando al punto de extracción. Ya a baja altura los paramédicos abrieron las puertas del helicóptero y montaron en su lugar las ametralladoras. Un segundo helicóptero escolta volaba ligeramente arriba de ellos para dar la cobertura aérea y ser sus ojos desde el aire durante toda la misión.

Siempre trabajaban en parejas. Ya fuera de manera personal o en el aire. Mientras un helicóptero descendía para rescatar los heridos, el otro vigilaba los alrededores y monitoreaba los movimientos del enemigo para dar la alerta y establecer la supremacía de fuego para que no aumentara el número de heridos.

- La mejor medicina en combate; es la superioridad de fuego.

Pensó Ricardo mientras regresaba al lado terrenal de sus pensamientos y sonreía ligeramente con sarcasmo.

- Prepárense para entrar en acción. Aproximándonos al sitio de extracción.

Dijo el piloto. La comunicación en los auriculares hizo saltar al enfermero que dormitaba.

Los paramédicos sonrieron al verlo. A estas alturas de la comisión del servicio esto era algo habitual.

- Ok. Escuchen con atención. Hay tropas enemigas en el área. El uso de la fuerza ha sido autorizado. Hay varias bajas. Se realizó un triage cerca del sitio del enfrentamiento. Tenemos dos tarjetas rojas, y dos verdes. Esta Información es dudosa por la mala transmisión de la radio.

El tren de aterrizaje se posó sobre la arena hundiéndose ligeramente mientras el piloto acababa de transmitir la fragmentada información.

La acción comenzó, la adrenalina se disparó, la tripulación se sabía vulnerable en tierra, caminaban con las gafas puestas debido al fino polvo que los rotores levantaban.

Los paramédicos iban en la punta de la formación delta aun cegados por el remolino. Cuando pudieron ver, a unos 3 kilómetros de allí, un pequeño poblado donde el enfrentamiento había sucedido. Se movían a paso veloz. Con un trote que mantenían de manera uniforme. Era bien sabido que entre más rápido se pudiera llevar a cabo la misión menos bajas abría. Este principio era un dogma que todos seguían. Cumplir la misión con el menor número de bajas.

- ¡Cumplir la misión. Cumplir la misión!

Conceptos que a los médicos les costaba mucho trabajo asimilar. Después de un breve reconocimiento visual del pueblo. Miguel, el paramédico más experimentado en cuestiones tácticas decidió entrar por una de las calles secundarias que desembocaban en la avenida principal para no tener que atravesar al descubierto mucho terreno.

- Esto no me gusta muchachos. Manténganse alertas. Todo está demasiado tranquilo. No hay nadie en las calles.

- Y ¿qué esperabas? si acaba de haber un enfrentamiento.

Le respondió Ricardo en voz baja mientras atisbaban desde los arboles cercanos a la ciudadela.

El pueblo parecía desierto, maldecido por la guerra en un pobre y apartado rincón del mundo. La escuadra de elementos de sanidad comenzó a avanzar a la señal del paramédico por la calle cambiando de la formación de delta a la de estaca deteniéndose en cada esquina para atisbar, reduciendo la silueta y comenzando la marcha con viveza.

En silencio y de manera ágil cruzaron la calle. Las nuevas botas de infantería destinadas para este despliegue llevaban goma en las suelas, lo que amortiguaba mucho el ruido que emitían. Los músculos se tensaban cada vez que se detenían esperando en cualquier momento los disparos del enemigo.

El ambiente en la calle era denso y opresivo, como si el mal literalmente rondara y acechara al pueblo desde su periferia.

Ya estaban a media cuadra.

-Ok muchachos, listos aquí vamos.

A Ricardo le costaba ya recuperar el aliento. Estaban en cuclillas en la última esquina, el dedo índice cerca del llamador de sus armas largas mientras barrían con la vista la periferia del último tramo por recorrer. Los hombres no podían creer que no hubieran sido detectados. Ni un solo disparo. Algo andaba mal.

Eso los inquietaba aun más. Era como si se estuvieran metiendo, literalmente, a la garganta del lobo. Esto olía a una trampa y el miedo se manifestaba por ese sudor denso que transpiraban.

Buscaban desesperadamente al enemigo, antes de que este los detectase. ¿O quizás ya lo había hecho?

Una estrategia muy frecuente de los francotiradores; en esa guerra de guerrillas, era dejar a los heridos medio muertos a la vista del enemigo y esperar a que el personal de sanidad fuera entrando poco a poco en la trampa para irlos matando de uno en uno, aprovechando su desesperación por salvar a sus compañeros.

La frente se les perlaba de un sudor frío como el del sentenciado que se sabe que va a morir.

Quizás el sigilo y la sorpresa aun están de nuestro lado, pensó Ricardo a la vez que empezaron a correr por el último trecho de la calle. Estaban ya a unos cincuenta metros. Se podían ver los uniformes ensangrentados, quemados y hechos jirones del personal lesionado.

El corazón se les aceleró, pero antes de precipitarse a evaluar a los lesionados era muy importante verificar que la escena fuera segura y evitar así el entrar en visión de túnel. En ese preciso momento estaban cuando sonó la primera detonación.

- ¡Carajo, carajo, lo sabía es una trampa!

Gritó Miguel, mientras corrían hacia la pared más próxima. A la mitad de la calle todos eran un blanco perfecto. Trataron instintivamente de ponerse a cubierto aunque no supieran de donde les habían disparado. Uno de los dos paramédicos fue inmediatamente abatido, cayendo como si su cuerpo antes energizado lo hubieran desconectado súbitamente de la corriente eléctrica. Parecía ya un muñeco de trapo inerte. Ricardo regresó unos pasos para jalarlo arrastrándolo de la guerrera a cubierto. Cerca de ahí la puerta abierta de una vivienda abandonada fue su único resguardo que ya habían visualizado al pasar corriendo unos minutos antes y como pudieron se precipitaron a todo lo que les daban sus músculos.

En el momento que Ricardo soltó al paramédico pudo ver el orificio de la bala en la frente, justo por debajo de la protección de su casco. Un rio rojo rutilante ya corría como un dragón que descendía implacable atravesando su rostro y la desfigurada nariz, manchando el suelo de arena de la habitación. Arena lejana en donde las creencias enfrentaban a los hombres alimentada por el odio de un pequeño grupo de fanáticos.

- ¡Cúbranse francotirador a las nueve!

Fue lo que alcanzo a gritar Miguel, y no terminó a completar la oración antes de que los M 16 ya disparan en la modalidad semi-automática hacia donde habían imaginado que les disparaban por el vano de la puerta y lo que quedaban de las maltrechas ventanas arrasadas por la furia de la guerra. A medida que afinaron un poco el pensamiento, los disparos empezaron a realizarse en pares y de manera cadenciosa para ir economizando las balas. Pues aún no veían desde donde les habían disparado.

- ¡Alto el fuego, Alto el fuego!

A este ritmo se acabarían las balas antes de identificar al enemigo.

Las paredes de adobe algo los protegían. O pensaban que así era, quizás era mejor que nada, o solo era una ilusión, pues con las armas de alto poder y el calibre de los proyectiles con que se disparaban las atravesarían casi como si fueran de cartón. Porque una cosa era estar a cubierto y otra cosa era estar protegido. Primera lección de los cursos de combate.

Raúl se asomó con mucho sigilo apuntando su arma desde uno de los costados de la puerta. Ahí estaba. Los cazaban. Tal como habían imaginado. Era un francotirador que el enemigo había dejado atrás. Quizás cubriendo a la retaguardia mientras las tropas se movían pues sabían que regresarían por sus camaradas caídos en combate.

- ¿Lo ves?

- ¡Afirmativo! A treinta metros dispara desde el techo de una casa en la siguiente esquina.

- Ok. Yo salgo y tú le disparas, ¿de acuerdo?

Esa era la única manera de hacer que el francotirador se expusiera lo suficiente para poder neutralizarlo.

- ¡Miguel. Sergio está muerto!

Dijo Ricardo mientras se alistaba para la carrera de su vida.

- Lo sé. Lo supe desde que vi como cayó en la calle.

- Bueno vamos continuemos con la misión. No podemos quedarnos a medias. Corramos el riesgo antes de que haya más bajas.

- Va en ello tu vida y no sé si soy tan buen tirador. No sé cómo me levante esta mañana. Respondió Raúl suspirando.Pero que te quede claro que hare mi mejor esfuerzo compañero. Solo por si nuestra próxima conversación es en el paraíso.

- ¡A que bien chingas Raúl!

Raúl apretó la mandíbula, la vida de Ricardo dependía de ese disparo. Era una dura prueba que cargaría toda su vida si fallaba.

El margen de su trabajo se hacía cada vez más estrecho sin importar la fatiga que todos los días cargaban junto con sus mochilas. Y aquí la gente vivía o moría en unas polvorientas calles del fin del mundo para que la elite de otros países pudiera continuar teniendo todas las comodidades de su estilo y nivel de vida sin siquiera enterarse del precio que se paga y cómo se les arrebata la vida a sus soldados, terminando por entregar lo único que ya poseían: su convicción, sus órdenes y sus vidas.

Frecuentemente se habían preguntado durante estos meses si acaso les importaba a sus indiferentes conciudadanos cómodamente sentados frente a un televisor mientras veían la evolución de los conflictos bélicos por los noticieros a miles de kilómetros y fronteras de ahí.

Ricardo salió zigzagueando moviendo las botas a todo lo que daba. Había dejado atrás la mochila para poder correr más rápido. El truco funcionó. Iba a medio camino cuando dos disparos zumbaron junto a él como pequeñas abejas cerca de su cabeza y una sola detonación se escucho desde la puerta.

Raúl había acertado en el primer intento como buen contra-francotirador, el enemigo cayó estrepitosamente desde el tejado de la esquina sobre latas y botes aún sin soltar su arma, un AK-47 de fabricación soviética. La preferida del enemigo ya que era fácil de usar, no requería de ningún tipo de mantenimiento y aún cuando se le sumergía en el lodo y estaba oxidada seguía disparando. Ese instrumento seguía funcionando en las condiciones más extremas, por algo se vendía tanto.

Ricardo continuó corriendo hasta la esquina donde paró y redujo su silueta. Ya no había más disparos. A su señal Raúl y Miguel corrieron hasta donde estaba para incorporarse. Raúl aprovechó la pausa para actualizar a los helicópteros por radio sobre su situación.

- Perro rojo para halcón. Tenemos una tarjeta negra, bingo caído.

- Copiado perro rojo. Muévanse rápido aguantamos en posición.

¿A quién le importaba ya esta guerra? Aquí ellos se esforzaban por sobrevivir para que la clase adinerada de su país siguiera gozando y derrochando todos los recursos; alimento, ropa, agua, dinero, alcohol, y petróleo en un estilo de vida frívolo y superficial. Mientras ellos vivían un infierno que los marcaría de por vida, si es, que sobrevivían. Tales eran los pensamientos que por momentos cruzaban como frías oleadas que recorrían toda la corteza cerebral del personal de sanidad. En la breve pausa la mirada de los tres se cruzaron, el dolor de un camarada casi desfigurado por el proyectil de arma de fuego se reflejaba en sus rostros. Sus botas aun estaban manchadas con la sangre de Sergio.

- ¿Listos? ¡Aquí vamos último tramo los veo al final de la calle. Manténganse concentrados en la misión. Así lo hubiera querido Sergio. ¡No hay tiempo para dudas!

A Ricardo le quemaba ya el sentimiento en el pecho. A fuera morían los heridos, les habían disparado y un compañero estaba muerto. Sin embargo debían mantenerse concentrados.

Como médico sabía que lo peor que podía pasar era que el personal entrara en una pausa prolongada. La pausa y la parálisis de los soldados por indecisión matan más rápido, inclusive, que las decisiones incorrectas en el campo de batalla. Como líder tenía que ayudar a motivar al personal para que se mantuviera correctamente enfocado.

- ¡Solo cumplir la misión vamos!

Los siguiente fue como si se liberará un rayó, a la voz doblaron la esquina corriendo por una desolada calle, nuevas detonaciones, había otro francotirador, respondieron el fuego, las balas se cruzaron en el aire impactando a una pequeña tienda abandonada, a tiempo cayeron sus balas en el enemigo despidiendo los restos del rebelde por todo el interior de la polvorienta habitación. Odiaban ya el sonido de los AK-47.

Los gemidos de un herido se hicieron más cercanos junto con las palpitaciones de su corazón y el trote apagado de sus botas.

Por fin llegaron. La adrenalina ya corría como caballo desbocado por las venas de Ricardo, sin embargo su entrenamiento y protocolos aprendidos en los cursos detenían al brioso corcel que llevaba en su pecho con mano férrea.

- ¡Atención establezcan un perímetro!

Dar seguridad y repeler el fuego era siempre la primera prioridad. Que la escena fuera segura antes de poder evaluar a los pacientes.

A continuación el médico realizó un triage de las victimas con la información que sus sentidos podían captar. Dos soldados aturdidos estaban parapetados y escondidos entre contenedores de basura, y dos más inertes a unos pocos metros de ahí. A La banqueta llegaba un rio rojo que bajaba a la calle como catarata, el suelo estaba resbaloso por el preciado fluido.

- Raúl encárgate de esos dos elementos medio aturdidos, ve si pueden seguir disparando y que ayuden a completar la misión.

Le dijo Ricardo mientras veía a los otros dos lesionados

El primer herido presentaba quemaduras de la cara, brazo y tórax derecho. Su uniforme estaba hecho jirones. Una parte de la pared torácica y del abdomen del lado derecho le faltaban y tenía lo que quedaba del pulmón y parte del hígado a la vista. La ausencia de los movimientos ventilatorios lo confirmaban ese elemento estaba muerto, y aunque acabara de fallecer no valía la pena ni intentar maniobras de reanimación. Era una tarjeta negra.

El otro elemento era un cabo que gemía en un tono bajo que erizaba los pelos. Agonizaba, estaba pálido y diaforético, con un leve tinte azulado por la cianosis en los labios.

Parte del uniforme también estaba chamuscado, los ojos cerrados. La luz del atardecer menguaba como la vida de ese infante, en el crepúsculo. Ricardo sabía que tenía que optimizar todos sus sentidos. No podía encender ninguna luz para examinar al herido. Su entrenamiento lo llevó rápidamente a examinarlo de cabeza a pies palpando, oliendo y auscultando al herido. Su visión empezó a ambientarse a la poca luz existente. El médico palpaba en busca de deformidad, puntos de dolor o pérdida de la anatomía. Olfateaba buscando el característico olor de la sangre y pegó su cabeza al tórax del enfermo para escuchar los ruidos respiratorios y cardiacos del enfermo. Mientras realizaba este rápido reconocimiento Miguel retiraba las armas del cabo herido. Muchos paramédicos habían muerto debido al fuego amigo al examinar pacientes en estado de shock al accionar sus armas contra el personal de sanidad al estar sus cerebros desorientados, hipóxicos e hipoperfundidos. El moribundo seguía gimiendo.

De los dos soldados aturdidos el más joven comenzó a gemir en el mismo tono bajo mientras comenzaba a mecerse suavemente adelante y atrás entre los botes de basura en su posición periférica de seguridad donde lo había encontrado Raúl, absorto y producto del stress que ya no podía manejar el joven muchacho. Se llamaba Ignacio le había comentado a Raúl mientras trataba de enfocarlo a completar la misión.

- Carajo Ignacio no hagas eso que me pones los pelos de punta. Raúl haz que se calle. Todas las misiones donde hay bajas es lo mismo.

- Ricardo es mucho pedir mejor concéntrate en el enfermo es una tarjeta roja, este individuo ya no puede mas y está a punto de ponerse un balazo para evadir su realidad.

- Lo hare yo mismo Raúl si no se calla. No puedo ni escuchar al enfermo.

La tensión del grupo aumentaba como agua en ebullición.

Miguel había sacado de su mochila una camilla desplegable y ya trabajaba en ella pateándola con su bota en la parte media para que trincara adecuadamente y alargando los extremos para poder transportar al herido.

Al continuar con su reconocimiento el médico palpó las pelvis, la cual inmediatamente cedió, el anillo pélvico estaba fracturado, una ligera crepitación de los huesos se transmitió a las manos, la espalda y la corteza cerebral del médico, huesos rotos, mucho sangrado, al continuar descendiendo en su breve exploración observó la deformidad de la rodilla derecha, la pierna estaba grotescamente angulada, como si hubiera dado un giro en espiral completo, la bota estaba apuntando hacia atrás y un chorro de sangre manaba sin parar, de manera continua aunque a baja intensidad. Solo la amputación traumática podía cuadrar en su mente la información que sus sentidos le ofrecían. Un torniquete ya había sido colocado sobre el uniforme del individuo lo que había evitado que se desangrara. Seguramente ambos patrullaban al pisar una mina o tropezar con un objeto explosivo manufacturado de bajo costo.

Lo que explicaba que al primer elemento la onda explosiva le arrancara parte de la pared torácica mientras que al cabo le amputó la pierna y le fracturó la pelvis. Todo el personal de las fuerzas armadas desplegadas para este conflicto llevaba en su bolsillo su torniquete y sabían cómo colocárselo. Mientras estuvieran conscientes, ellos mismos debían de aplicárselo.

De lo contrario era su compañero como primer respondiente el que lo hacía.

Estos dispositivos explosivos de fabricación casera eran uno de los juguetes preferidos del demonio. Todo el personal de sanidad los odiaba. Eran capaces de arrancar las extremidades, abrir la pelvis y el periné pero sin matar de manera instantánea al paciente, eran ideales para preparar una emboscada al resto del personal que inmediatamente y bajo visión de túnel se lanzaban a auxiliarlos cayendo, uno a uno, bajo el fuego del enemigo en una escena que no era segura aumentando el número de bajas. También era un duro golpe para la moral de las tropas. Sembraban el miedo de manera eficaz, y cada soldado lesionado producía un arduo trabajo para todos los escalones sanitarios durante meses para salvarles la vida. Además de la carga logística y económica que representaba para todo un país.

Era increíble tanto mal que se podía hacer a tan bajo costo. Por si fuera poco también podían ser detonados a distancia con teléfonos celulares. A veces Ricardo no sabía si era más humano darles un tiro a sus heridos o tratar de salvarlos cuando les faltaban tres extremidades. Ese era el stress al que se enfrentaba todos los días el personal de salud en esa guerra cuyo fin cada vez se veía más lejano.

De manera inmediata Ricardo sacó del bolsillo del pantalón un torniquete, el cual hábilmente aplicó por arriba del primero, las tiras de velcro inmediatamente se adhirieron y giró dos vueltas y media el mecanismo.

Desde el 2006 estos torniquetes ya eran oficiales y debían portarlos todos los elementos, lo cual había disminuido la mortalidad de manera importante por hemorragia de las extremidades en amputaciones traumáticas o heridas graves como había sucedido en Vietnam. Lo único bueno que se sacaba de todo esto, era la experiencia que se acumulaba, irónicamente con cada guerra, de cómo tratar mejor a los pacientes heridos en combate.

Un leve aumento en el gemido del paciente confirmo que el torniquete estaba bien puesto. Debía apretarlo hasta que doliera, decía el manual del TCCC. Ricardo se movía con rapidez. El sangrado cesó, estaba concentrado en salvarle la vida al paciente cuando un frío inusual para esta época del año recorrió la piel del paciente, el cambio en la temperatura corporal inmediatamente la percibió Ricardo. Pero había algo más. Algo oscuro y siniestro que lo observaba desde el otro extremo del paciente. El frío de la muerte corría como oleadas por el cuerpo del cabo herido.

Ricardo ya lo intuía desde antes de voltear, pero cuando lo hizo se encontró con una sombra siniestra que agazapada en la cabeza del paciente y con delgadas manos ya tocaba también al herido.

Ricardo contuvo el grito de horror que sintió ahogándolo en el fondo de su garganta. Tal era el entrenamiento al que había sido sometido antes de ser enviado a un escenario de combate. Con respiración entrecortada pudo balbucear algo que sus otros dos compañeros alcanzaron a escuchar.

- ¿Qué te pasa hombre? No te trabes. Estamos en terreno táctico pero no sabemos cuanto tiempo puede durar esto, la situación puede cambiar en cualquier momento. Tenemos enemigo en las inmediaciones. ¡Apresúrate!

Le dijo Miguel quien ya tenía desplegada la camilla.

Ricardo seguía con la vista fija al fondo de un capuchón negro y sin rostro, ante un ser maligno, cuando súbitamente sintió una oleada que lo recuperó, desde un recóndito lugar en su cerebro las neuronas de Ricardo dispararon una corriente eléctrica con todas sus fuerzas para poder aferrar al médico al paciente. Un leve gruñido salió de su garganta, de baja tonalidad pero continuó.

Como dos perros que muerden a cada extremo de una soga. Ahora Ricardo estaba enojado, agotado, y harto. Asustado, pero aferrado al paciente como perro sin cola. Ricardo de inmediato entendió lo que pasaba. Se libraba la última batalla por la vida y el alma de ese cabo moribundo en el campo de batalla de un recóndito lugar de la geografía del mundo.

- ¡No! ¡No te los vas a llevar!

Ricardo de inmediato integró como un relámpago toda la información que sus sentidos le habían transmitido mientras realizaba la evaluación inicial; ingurgitación yugular leve en el cuello, desviación de la tráquea hacia el lado izquierdo, mecanismo de trauma por onda expansiva, disminución de los ruidos ventilatorios en el hemitórax derecho y pérdida del estado de alerta; conclusión al herido le había estallado un pulmón y el aire atrapado en el tórax le comprimía ese pulmón y el contralateral, desplazando además la tráquea y las venas cavas lo cual dificultaba que la poca sangre que aun tenía llegara al corazón.

Ricardo saco de su bolsa una aguja y sin pensarlo dos veces la introdujo en el tórax sin miramientos, con firmeza y a través de la camiseta del paciente en el segundo espacio intercostal línea medio clavicular derecha. De inmediato el aíre atrapado empezó a salir con un silbido tenue equilibrando las presiones en el tórax del enfermo, mejorando inmediatamente la mecánica ventilatória y el llenado del corazón. Todo el personal de sanidad sabía a estas alturas de la guerra esto y podía actuar rápidamente para contrarrestar estos deletéreos efectos del neumotórax a tensión. La ingurgitación yugular, la desviación de la tráquea, la dificultad respiratoria y la cianosis mejoraron de inmediato y el paciente abrió los ojos.

Sin embargo aquella sombra maligna no cedía. No se iba y continuaba tomando firmemente al herido por el uniforme a la altura de los hombros. Unos ojos encendidos de furia como cenizas de color naranja en el fondo de la capucha ardieron y una vibración salió de una boca que no existía reclamando esa alma.

-   ¿Ricardo qué carajo sucede? No hagas eso. ¿Estás bien?

Dijo Raúl mientras un escalofrío recorría su médula espinal. Era evidente que sus compañeros habían escuchado eso.

Ricardo no contestó, seguía trabado, en esa pelea, que como dos perros rabiosos disputaban la vida del paciente.

Podría tener miedo al ver los ojos de ese ser maligno que le peleaba con la misma rabia la batalla por esa alma que tenían agarrada en cada extremo, pero estaba convencido en no dejarlo ir. Cuando los ojos del espectro se intensificaron en su brillo alcanzando tonos de color naranja nunca antes vistos. Inmediatamente una oleada como corriente eléctrica recorrió el cuerpo del herido hasta el torniquete sujeto por arriba de la rodilla de la amputación traumática de la pierna derecha causando que por "azar" se aflojara para dar paso a un jet se sangre rojo rutilante que como relámpago escarlata cruzo el aire. Lo que quedaba del muñón entre grupos musculares literalmente disparaba sangre, la arteria poplítea estaba libre.

Ricardo en un movimiento reflejo comprimió con todas sus fuerzas la ingle del enfermo logrando disminuir momentáneamente el sangrado del paciente.

- ¡Raúl ven rápido, comprime que se me va!

Raúl corrió desde su posición en el perímetro de seguridad para dejar caer todo su peso con su rodilla flexionada sobre la ingle derecha del paciente sin dejar al mismo tiempo de apuntar su arma hacia el perímetro en una maniobra defensiva bien ejecutada y de la que dependía la seguridad de todo su equipo, liberando al mismo tiempo las manos de Ricardo para que este pudiera poner un tercer torniquete proximal al segundo. El médico apretó con todas sus fuerzas.

El cabo había vuelto a perder el estado de alerta producto del sangrado sufrido de una arteria mal controlada, o debiéramos decir ¿liberada?

El precario mecanismo de compensación del traumatizado había sido nuevamente abatido, respiraba rápido, estaba pálido como la muerte y ya no se palpaba el pulso periférico. Una coloración violácea pintaba nuevamente los labios del enfermo, apenas perceptible en el ocaso.

-   ¡Me carga la chingada. No te los vas a llevar me oyes.
    No te los vas a llevar a si sea lo último que haga!

Grito furioso Ricardo.

-   ¿Qué te pasa Brother? a ¿quien le gritas?, dijo Raúl que
    aun comprimía fuerte viéndolo solo de reojo.

Pero el combate que se libraba por esta víctima de la guerra
era tal que Ricardo solo escuchaba a Raúl de manera apagada
y lejana. Una sordera había bloqueado al médico entrando en
el conocido efecto de túnel que todos los combatientes siempre
trataban de evitar. El médico luchaba con todas sus fuerzas,
conocimientos, coraje y espíritu.

-   ¡No te lo vas a llevar. Me importa una chingada lo que
    quieras, no te lo vas a llevar!

Decía Ricardo entre dientes al mismo tiempo que con un
taladro quirúrgico insertaba una línea intra-ósea en el esternón
del paciente. El zumbido salvador rasgo el denso silencio del
crepúsculo introduciendo un catéter para iniciar la reposición
de volumen que tanto necesitaba el enfermo, tapándola con un
domo transparente que la sujetaba a la piel. El siguiente paso
fue extraer una bolsa de gelatina líquida que inmediatamente
conecto a un sistema de tubería para iniciar la trasfusión.

El paciente necesitaba sangre, pero eso solo podría empezarlo
cuando estuvieran abordo en el helicóptero.

-   Raúl aguanta esta bolsa lo más alto para que pase rápido el
    volumen, que esta chingadera se quiere llevar al paciente.

Raúl desconcertado solo sostenía en alto la bolsa que su amigo le
acababa de pasar teniendo la certeza de que ya se había vuelto loco.

- Miguel creo que Ricardo ya se está volviendo loco.

- Pues quizá sí, pero en su locura está salvando la vida de ese cabo. Déjalo que siga trabajando y solo haz lo que te diga.

Dijo con voz calmada el fatigado paramédico que apenas medio se había recuperado de la muerte de su compañero mientras seguía apuntando su arma al horizonte sin dejar de vigilar.

Con un aullido subsónico el mal jaló nuevamente los hombros del cabo herido, ahora lo hacía con toda la fuerza que la oscuridad y otros demonios en cadena le conferían, aullando y aullando para lograr atemorizar a todos los paramédicos, quienes aunque no lo podían escuchar, lo sentían en el corazón, y vibraba en su piel.

- ¿Qué carajos está pasando aquí? Dijo con voz temblorosa Raúl, quien hablaba poco por lo precario de la situación.

- No abandonen sus puestos aunque se abran las puertas del infierno. No abandonen sus puestos. Este paciente es mío y no lo voy a soltar.

Grito Ricardo con los ojos desorbitados e inyectados de furia, para ese momento ya no iba a soltar el alma de aquel cabo.

La gelatina estaba ya pasando cuando súbitamente el tono muscular del cuello y de las extremidades se del herido se aflojaron permitiendo que la cabeza cayera de lado y los ojos del paciente quedaran en blanco.

El grito que Ricardo soltó se pudo oír hasta el helicóptero y hasta las filas enemigas circunvecinas.

- ¡No! ¡No te lo voy a dejar! ¡No, no, no, no te vas!

Al mismo tiempo que gritaba el médico inició compresiones rápidas de reanimación cardiopulmonar teniendo cuidado de posicionar sus manos distal a la línea intraósea que había insertado. Raúl brinco a la cabeza viendo con temor la locura del médico pero trabajando al mismo tiempo para insertar una mascarilla laríngea en la faringe, permeabilizar así una vía aérea e iniciar la ventilación.

Ricardo ahora sudaba profusamente.

- Halcón para perro rojo. ¿Qué fue ese grito? ¿Qué está pasando allá? El enemigo nos va a detectar. ¡Trabajen en silencio!

- Perro azul para halcón. Perro rojo da reanimación cardiopulmonar a una tarjeta que cambio de roja a negra. Cambio.

- Aquí halcón. Copiado. Eso no va a funcionar. Comuníquele que abandone. Nos tenemos que ir.

- Aquí Perro azul, copiado. Se indica.

Ricardo estaba incapacitado para escuchar la conversación entre el helicóptero y los integrantes de su equipo por la radio y con un movimiento brusco sacó las tijeras que llevaba en la bolsa del pantalón color arena de su uniforme y cortó los restos de la ropa del paciente.

- ¡Hey!, ¡hey!, ¡hey! ¿Qué vas hacer? Nos están ordenando que dejes esa tarjeta negra. Nos vamos.

Las tarjetas en el sistema de triage es el instrumento con el que se selecciona a los pacientes asignando prioridades según él color. Una tarjeta negra se reserva para los pacientes muertos o que ya no son recuperables.

- ¡No vete tú si quieres. Este paciente es mío!

- Esta muerto.

- ¡Esta en paro!

- ¡Es negro!

- ¡Es Rojo!

La discusión iba subiendo de tono como un volcán antes de la erupción. Ricardo sacó algo del bolsillo que ninguno de los otros tres elementos alcanzaron a ver.

El brillo de la tenue luz se reflejó por un instante en una hoja azul-plateada fría y cortante que abrió la piel, los músculos intercostales y la pleura a una velocidad vertiginosa en dos pasadas para dejar ver el pulmón izquierdo y el pericardio.

- ¡Carajo Ricardo que crees que haces, no manches, nos van a crucificar cuando se entere el mando. Tu sabes que las toracotomías de reanimación en el pre-hospitalario están proscritas!

- ¡Pues a mí me tiene sin cuidado lo que opine el mando, ventila al paciente está en paro!

Ordeno Ricardo. Su grado de teniente de navío le confería ser el líder del equipo en la parte médica de la misión.

Hábilmente con el bisturí abrió el pericardio de manera longitudinal y paralela al nervio frénico izquierdo para luxar en el siguiente paso el corazón e iniciar el masaje cardiaco directo con las palmas de las manos. El corazón del cabo de infantería de marina estaba como calcetín completamente exangüe, sin tono, y sin moverse. Sin su nata vitalidad. Nada que ver con un corazón sano.

La situación era crítica, nada podía ser peor. Ricardo con las manos metidas en el tórax del paciente comprimía rítmicamente los ventrículos del enfermo para producir la tan ansiada sístole cardiaca en un intento desesperado de impulsar la sangre en la circulación, lo cual rayaba en la locura o en los sacrificios aztecas.

El espectro con los ojos aun encendidos había jugado su última carta al producir una embolia grasa producto del fragmento del hueso amputado del cabo con la certeza de que iba a ganar la partida haciendo que el paciente cayera súbitamente en paro cardiopulmonar. Ahora esa sombra maligna estaba furibunda aun jaloneando los restos del uniforme del paciente y aullando. No contaba y nunca se imaginó que ese valiente médico en los confines del mundo, en una polvorienta calle desierta era también un médico de combate que se aferraba a la vida del enfermo y en una brillante y fugaz maniobra había hecho una impecable toracotomía antero-lateral izquierda seccionando inclusive los cartílagos costocondrales superior e inferior del espacio intercostal de la incisión para poder meter cómodamente sus manos en la profundidad del tórax del infante y alcanzar el corazón mismo.

-   ¿Qué es esa cosa?

Dijo Raúl sorprendido al ver como una nube negra se alejaba de la cabeza del paciente.

Ricardo comprimió unos segundos más y el corazón del paciente súbitamente arrancó, como saco de gusanos que se mueven, al principio por fibrilación ventricular, posteriormente con pequeñas extrasístoles, pasando por bradicardia y luego para salir disparado a la taquicardia producto de la hipovolemia y la liberación de catecolaminas.

- ¡Largate de aquí. Te lo dije. No te lo vas a llevar!

Grito Ricardo mientras sacaba las manos del tórax.

La sordera de Ricardo ahora comenzaba a disminuir permitiéndole escuchar a bajo volumen la transmisión del helicóptero.

- ¡Halcón para perro rojo. Es una orden. Vámonos. Hay tropas enemigas moviéndose hacia acá. Hemos sido detectados!

- Copiado. Transporto una tarjeta que cambio de negra a roja respondió Ricardo.

- ¡Vámonos. Listos A mi voz. Uno, dos tres arriba!

Los cuatro cargaban la camilla de combate con una mano mientras empuñaban su arma con la otra.

- ¡Vámonos, vámonos paso veloz!

La carrera hasta el helicóptero los sofocaba por el peso de la camilla. El tórax del paciente había sido cubierto con un apósito de combate y cinta adhesiva transparente. Tenían al enemigo mordiéndoles los talones. El segundo helicóptero sobrevolaba en círculos monitoreando la distancia del enemigo y alentándolos en una carrera por su vida.

La calle en la oscuridad de aquel remoto poblado seguía vacía, abandonada por la guerra, resonando solo con las botas de los militares que pasaban corriendo por sus puertas y esquinas.

- ¡Vamos, vamos no aflojen, hasta el helicóptero!

- ¡Halcón para perro rojo, iniciando arranque de motores. No se detengan, el enemigo está a un kilómetro de ustedes!

- Copiado.

La orden se escucho en los auriculares. Reavivando el esfuerzo justo en el momento que doblaron la última esquina antes de salir al terreno de la periferia.

¡Vamos, vamos!

En ese preciso momento sonaron las primeras detonaciones zumbando los proyectiles. Estaban bajo fuego.

El helicóptero ya rugía con los rotores a todas las revoluciones, las puertas estaban abiertas esperando su ingreso, el copiloto los esperaba en la puerta, listo para hacer las señales antes de la aproximación a la aeronave, protocolo que omitieron por la premura de la situación.

Una gran nube de polvo dificultaba la visibilidad. Con trabajo y todo el esfuerzo llegaron hasta la puerta para apoyar la camilla y subir mientras el copiloto los auxiliaba tirando de la misma para introducirla.

El resto del equipo subió precipitadamente cerrando la puerta bruscamente, al mismo tiempo que despegaban y el helicóptero que sobrevolaba abría fuego sobre el enemigo. La maldad los había perseguido en un último intento de arrebatarles al herido.

Una tenue luz rojiza de combate iluminaba el interior de la aeronave.

La superioridad de fuego del segundo helicóptero los había salvado a todos.

- A la presente una tarjeta roja y cinco perros a bordo.

- Despegamos. Halcón uno para control. Trasladamos tarjeta roja hasta el hospital. Vuelo de dos. Alerten a sanidad.

- Para toda la red, para toda la red; tarjeta roja a bordo en protocolo de reanimación estén listos.

El paciente arribó a la sala de choque del hospital de campaña justo a tiempo para continuar con la reanimación que se había iniciado en terreno táctico. El atónito jefe de urgencias retiró el apósito que cubría la toracotomía para ver el corazón palpitante y, unas marcas azul violáceas con forma de alargadas manos en cada hombro del enfermo.

Pasó a quirófano 10 minutos después de su arribo para completar el siguiente eslabón de la cadena de la vida.

Había sobrevivido.

La estafeta había sido entregada en esa carrera de relevos por la vida. El sudor y las manchas de sangre contrastaban con el color arena de sus uniformes y de las botas de los paramédicos.

Con el ceño fruncido un aturdido jefe de sanidad abordo a Ricardo y al resto de los paramédicos.

- ¡Oiga Teniente, usted sabe que no se hacen toracotomías de reanimación pre-hospitalarias y mucho menos en terreno táctico. Eso no está contemplado en la cartilla del TC3!

- ¡Usted tomó ese curso teniente, porque lo hizo!

El tono y lo castrante del discurso del coronel del ejército iba en aumento inyectándosele las venas de las sienes. Las estrellas de su uniforme dejaban claro su superioridad jerárquica. Como parte de una fuerza multinacional ejército, marina y fuerza aérea trabajaban en equipo enriqueciendo con su diversidad las diferentes áreas.

Para esas horas Ricardo estaba exhausto y su tolerancia a ese tono fue nula.

- ¡Yo hice lo que tenía que hacer y el paciente está vivo! Estoy consciente de las estadísticas y de lo conveniente o no de hacer un procedimiento en terreno táctico. Pero una cosa es la teoría y otra vivir una misión. Quizás usted piense que las posibilidades de que sobreviviera el paciente eran mínimas, que puse en riesgo a mi personal y a la tripulación del helicóptero al retrasar la evacuación prolongando el tiempo en terreno táctico. Pero allá afuera se pelea con todo, y la línea que divide el éxito del fracaso, la vida de la muerte es muy delgada. Y La delgada línea de la supervivencia depende del empuje, la decisión del médico y de todo el equipo de sanidad. De la férrea determinación de querer cumplir la misión. El día de hoy nos enfrentamos a un enemigo grande y poderoso. El mal que ronda, anima y alimenta esta guerra. Tuve la desagradable experiencia de verla directamente a los ojos. No le voy a mentir coronel, fue aterrador. Sentí y vi a la maldad qué reclamaba la vida de ese pobre y maltrecho cabo.

- Afortunadamente también sentí el fuego interno que va mas allá de lo escrito en textos y manuales, que nos impulsa a luchar con todo, por pacientes como este, como perros sin soltar esa vida que se nos quiere arrebatar.

Esa fuerza me permitió sobreponerme a ese miedo inicial, ese coraje encendió mi espíritu y el resultado, afortunadamente, fue exitoso. Esperemos que sobreviva para que el paciente pueda reunirse con su familia. ¡Esta guerra sin sentido para este paciente, afortunadamente ya terminó!

Una larga pausa que calmó al coronel siguió a continuación de las palabras de Ricardo. El médico tenía razón.

Al final un suspiro se escucho por parte del superior.

- Está bien. Puede no tener la razón teniente. Pero nadie puede reprocharle un resultado tan exitoso como el que el día de hoy logró. Lo felicito. Hágalo extensivo a toda su tripulación.

Dijo el coronel mientras daba la vuelta para ir a la sala de recuperación y ver cómo iba la cirugía del enfermo.

- ¡Can not argue with success!

Como frecuentemente se dice aquí en esta fuerza multinacional.

FIN

6 FEBRERO 2017

CHICAHUA

"La sangre de todo un imperio pasaría a través de estos monolitos para impulsar la carrera del dios sol a través del firmamento y hacer que la tierra del imperio siguiera siendo fértil"

CHICAHUA

Los primeros rayos del sol tocaron la puerta del taller de los artesanos aztecas. Al principio iluminando de manera tenue los enormes monolitos finamente tallados. El encargo del Tlatoani había sido cumplido a cabalidad.

Chicahua junto con su hermano Tonatiuh se encontraban ansiosos pues el día de hoy el emperador azteca haría su última visita para dar su aprobación a la obra.

Los enormes monolitos estaban destinados a engrandecer el basamento de las pirámides de Huitzilopochtli y de Tlaloc en Tenochtitlán capital del imperio azteca y ombligo del universo.

Este era sin duda el encargo más importante en la vida profesional de los hermanos como talladores oficiales de las canteras mexicas.

El maestro tallador un hombre maduro que había dedicado toda su vida a este oficio miro con satisfacción y contemplo su obra y la de su hermano. Ambos monolitos habían sido extraídos al mismo tiempo de la cantera del cerro del Chiquihuite. Trabajados en el taller, cada uno con su enorme bloque de piedra que fueron tallando progresivamente hasta darle forma.

Chicahua observó primero la piedra tallada por su hermano. De forma circular esta piedra estaba destinada a honrar al dios sol y lucía la cara del mismo en el centro del gran círculo. Con la boca abierta y una afilada lengua en forma de cuchillo que protruía. Un tocado finamente adornado remataba su cabeza, en forma triangular. La nariz era ancha y sus ojos penetrantes. Los pabellones auriculares estaban engalanados con orejeras.

A cada lado de la cabeza sus manos salían para terminar en garras de jaguar que sostenían corazones humanos. Un trabajo muy fino sin lugar a dudas.

Después de saciar su vista con el primer monolito Chicahua pasó la mirada a su obra escultórica: la diosa Tlaltecuhtli deidad de la tierra que nutre a Tenochtitlan y todos los pueblos conquistados que rendían tributo. La diosa representada de cuerpo entero, había sido tallada en una piedra rectangular, en posición sedente, sus brazos y piernas expuestos en color ocre remataban con afiladas garras de jaguar en un vivo color rojo. En la parte del tronco a la altura de la pelvis la diosa estaba tapada con una falda se colores azul maya y rojo. El pelo de la cabeza finamente trabajado para que los rizos semejaran las olas del mar de ambos litorales y hasta donde se extendía el imperio azteca. Grandes orejeras adornaban sus oídos.

En cada articulación de las extremidades, Chicahua había esculpido los cráneos de las víctimas que recibiría pintándolos en colores: azul y rojo. Su lengua en forma triangular y cortante en color rojo se extendía sedienta de la sangre de los guerreros para que la tierra del valle de Tenochtitlan fuera fértil. Finalmente había tallado una corona con banderas como el sol para adornar su cabeza.

Chicahua salió de su meditación al oír los tambores huéhuetl y los caracoles de mar anunciando el gran día. Los hermanos se asomaron por la ventana del taller al oír ambos instrumentos.

La inmaculada ciudad blanca conectada a tierra por sus amplias calzadas. Tenochtitlan, despertaba.

La calzada principal que conectaba Tenayuca al norte con Tenochtitlan había sido cerrada por el estado mayor del emperador.

Una larga fila de guerreros apostados a ambos lados de la calzada esperaban el momento en que el Tlatoani se trasladara al taller de los hermanos.

El humo de copal y las nubes de pétalos de rosa que la vanguardia de la comitiva lanzaba hacían ver que Moctezuma ya se había puesto en marcha.

Las dos pirámides en el centro de Tenochtitlan era el punto final del traslado de los excelsos monolitos, tarea que no sería nada fácil.

Con forme pasaron las horas el tamaño de la comitiva fue aumentando progresivamente hasta que los caracoles sonaron en las faldas del cerro del Chiquihuite.

Chicahua y Tonatiu ya estaban para entonces en la entrada de la cantera para recibir a Moctezuma. Arrodillados y sin mirarlo a los ojos los maestros escultores recibieron a su emperador.

Era un honor haber sido distinguidos con el encargo de Moctezuma para honrar a los dioses. La sangre de todo un imperio pasaría a través de los monolitos para impulsar la carrera del dios sol a través del firmamento y hacer que la tierra siguiera siendo fértil dando maíz en abundancia.

Finalmente el Tlatoani traspaso el umbral del taller donde los monolitos habían sido tallados.

Moctezuma paseo la mirada en silencio por la obra maestra que los maestros escultores le presentaban.

Al final exclamo:

- Son magníficos. Estoy seguro que los dioses estarán complacidos.

- ¡Que se inicie de inmediato el traslado de estos regalos para los dioses hasta el corazón de Tenochtitlan! ¡Los quiero listos para la ceremonia del día de hoy!

Les ordenó a Chicahua y Tonatiu al mismo tiempo que salía apartando su capa roja para recibir los rayos del dios sol en su bronceado cuerpo y en el penacho real compuesto de plumas de quetzal reflejando inmediatamente miles de tonos azules y verdes al interior del taller.

Mientras Moctezuma se alejaba los hermanos vieron como el mítico penacho podía ser de color azul turquesa desde un lado o verde esmeralda del opuesto según el ángulo desde donde se observara. Esa era la magia del quetzal.

A la voz decenas de trabajadores de la cantera se pusieron en marcha arrojando troncos al piso y cuerdas a los monolitos, haciendo rodar las piedras sobre los troncos para ser jalados por los trabajadores. El control del descenso de los monolitos desde el cerro del Chiquihuite hasta la calzada principal fue una tarea difícil y llena de tensiones. Había que calcular la velocidad del descenso y los ángulos en los cambios de dirección para que las grandes piedras no volcaran.

Ya en la calzada los monolitos hacían crujir con su peso los troncos. Tonatiu y la piedra del sol iban a la vanguardia, seguidos de Chicahua, con la Tlaltecuhtli y su cuadrilla de trabajadores.

En el lago de Texcoco muchos pescadores y comerciantes en canoas detenían sus embarcaciones para observar con reverencia la procesión de sus populares dioses.

A cada lado de la calzada los guerreros apostados se arrodillaban ante el paso de la comitiva. La visión de la diosa los hacía temblar al imaginar el destino de sus semejantes capturados.

Por la calzada de Iztapalapa de sur a norte ya se movilizaba una larga fila de caballeros águila y jaguar. Cada uno llevaba a su prisionero tomado por el mechón de pelo. Estos estaban destinados a ser sacrificados por lo que habían sido pintados de blanco utilizando una mezcla a base de cal. Por su color el resto de la población claramente los identificaba. Caminaban en silencio y con resignación en las últimas horas de su vida.

Con el dios sol en el cenit los monolitos se encontraban a la mitad del recorrido de la calzada. Chicahua y Tonatiu ya respiraban más tranquilos habiendo pasado con éxito el irregular terreno que separaba la cantera de la calzada.

Proseguían rodando las grandes piedras cambiando secuencialmente los troncos de atrás a adelante de los monolitos y jalando con fuerza las cuerdas cuando lo inimaginable sucedió.

La diosa Tlatecuhtli repentinamente rompió la cama de troncos sobre la que rodaba atorándose en uno de los desagües de la calzada, lo que la hizo perder el equilibrio al ser jalada desde adelante por las cuerdas, volcando y estrellándose contra el suelo con un crujir sordo que rompió los corazones de todos los que la trasportaban. La diosa cayó fragmentándose en 6 grandes piezas.

Chicahua con los ojos desorbitados balbuceaba entre dientes, atónito por lo que había pasado.

- ¡No, no, no. No puede ser. No puede estar sucediendo esto!

Tlatecutli rota y sedienta de sangre lo miraba con sus ojos entrecerrados. El fragmento central con el corazón rodó lentamente bajo la visión de todos los trabajadores de la cantera hasta perderse en el lago con un breve chapoteo.

En ese momento todos se arrodillaron frente a la fragmentada diosa implorando su perdón.

Tonatiu y su grupo que transportaban a la piedra del dios sol ya los aventajaban por lo que no se percataron de la tragedia que sucedía a sus espaldas.

- ¡Oh Tlatecuhtli amada diosa de la fertilidad y de la tierra no soy digno de tu favor!

A la voz de Chicahua los guerreros se apresuraron a levantar los fragmentos del monolito para proseguir en silencio y con su espíritu también fragmentado, el traslado hasta el centro de Tenochtitlan.

Desde lo alto de la pirámide Moctezuma y el sumo sacerdote observaban en silencio lo ocurrido.

Chicahua al frente de su grupo continuaba caminando de manera automática, absorto de la gente que lo rodeaba, lloraba en silencio el peor de los fracasos. El día había pasado de ser un día glorioso al peor día de su vida en un instante. ¿Quien en el espejo humeante hubiera podido presagiar esto?

Al entrar a Tenochtitlan el júbilo inicial de los pobladores pasaba a la sorpresa y la tristeza al ver pasar el segundo monolito roto.

Un gran silencio iba cubriendo la calzada a la retaguardia de la procesión.

La cabeza estibada de manera horizontal sobre los troncos seguía viendo con fiereza a Chicahua quien marchaba cabizbajo a su lado. Era como si transportaran a un fiero jaguar atado con sogas. Las garras de sus manos parecían querer acercarse y tomar el corazón del maestro escultor. La diosa debía estar furibunda.

Los tambores desde lo alto de la pirámide y los caracoles ya anunciaban la llegada de los monolitos al basamento de la pirámide.

La procesión se detuvo al pie de las escalinatas.

Chicahua no quería ni voltear a ver. Dos grandes incensarios que remataban cada costado de las escalinatas desprendían densas columnas de humo de copal.

Moctezuma y el sumo sacerdote descendían por las escalinatas. Tonatiu consternado miró al monolito de la diosa y el estado de ánimo de su hermano. Ambos estaban hechos pedazos. Sin embargo la ceremonia tenía que continuar. Por lo que con voz potente dijo:

- Oh altísimo Moctezuma. Dando debido cumplimiento a lo ordenado el día de hoy te entrego el monolito del dios sol para que reciba la sangre de los guerreros capturados en batalla.

La piedra del dios sol brillaba con esplendor. El sol al recibir la sangre de los guerreros sacrificados tendría un nuevo impulso en su carrera por el firmamento según las antiguas enseñanzas de Izcóatl.

Uno a uno los caballeros águila y jaguar, la elite del ejército azteca iban presentando a los prisioneros en frente del monolito antes de ascender por las escalinatas.

Ningún prisionero fue presentado ante la fragmentada Tlatecuhtli quien ya había sido ensamblada lo mejor posible en el otro extremo de la escalinata.

Moctezuma observaba en silencio.

Ahora era el turno de hablar de Chicahua. Todo el pueblo esperaba en silencio. Lo que sucedía era un hecho sin precedentes para la historia de Tenochtitlan.

Chicahua volteo a ver su obra maestra, la diosa Tlaltecuhtli hecha pedazos, su pelo ensortijado, su lengua en forma de varios triángulos cortantes protruyendo de su boca sedienta de sangre. El fragmento central del corazón continuaba faltando. Vio fijamente a los ojos del monolito y sintió una oleada que sacudió a su espíritu. Había traído hasta aquí a la diosa para que recibiera su ofrenda de sangre y corazones humanos para hacer fértil la tierra de todo el lago de Texcoco, para que existiera abundancia. La diosa jaguar vigilante del inframundo impaciente esperaba, y el no la defraudaría.

Nadie se movía, ni un solo sonido se emitía, la gran pena de sus pobladores podía sentirse en toda la ciudad. La blanca Tenochtitlan había hecho un silencio sepulcral. Se esperaba la peor reprimenda del emperador Moctezuma.

Chicahua levanto la cara y enfrentó a Moctezuma y finalmente habló.

- Oh emperador Moctezuma rey y dios de los aztecas. Te suplico intercedas, el día de hoy a través del espejo humeante con nuestros dioses. Te presento a la diosa Tlatecuhtli, rota por el accidente que tuvimos en la calzada. Ningún guerrero ha sido presentado ante ella y como la diosa esta sedienta de sangre yo te ofrezco mi sangre y mi corazón palpitante para recibir en abundancia su favor para las tierras circunvecinas al lago de Texcoco.

- ¡Yo Chicahua ofrezco mi sangre y mi corazón palpitante por Tenochtitlan!

Termino de decir el maestro escultor mientras volteaba a ver a los asombrados pobladores que llenaban a tope la plaza mayor.

Nadie se esperaba esto. Habían quedado sin habla.

Moctezuma lo vio con orgullo, una larga pausa se hizo hasta que finalmente habló:

- ¡Chicahua el día de hoy haz honrado de la mejor manera a tu nombre y tu familia. Chicahua: tu nombre fue bien elegido por tus padres; ¡ganar en fuerza o ser valiente!

- Nunca nadie voluntariamente ha solicitado ofrendar su vida a los dioses. Ni los caballeros águila o jaguar aquí presentes, la elite de nuestro ejército lo había hecho.

Estoy seguro que tu sangre y tu corazón son bien recibidos y valorados por la diosa Tlatecuhtli que con tanto esmero esculpiste. Con esto tú haz sobrepasado con creces lo esperado de los dos monolitos.

Y agregó:

- El día de hoy nadie más será sacrificado. Perdonaremos a todos los prisioneros capturados en batalla porque no son dignos de ser colocados en la misma piedra de los sacrificios que tú ocuparas.

- ¡Chicahua Joven valiente asciende las escalinatas con el sumo sacerdote y vuélvete uno con los dioses que todo Tenochtitlan te admira!

Chicahua inició su ascenso al término de las palabras caminando junto al sumo sacerdote. A cada lado de la escalinata los guerreros y los prisioneros tomados en batalla no podían creer lo que sus ojos veían. Sin ataduras, y con tranquilidad Chicahua ascendía. Conforme pasaba delante de ellos los ojos de los prisioneros gritaban en silencio su gratitud.

En la parte superior de la pirámide 4 sacerdotes ya lo esperaban. Era habitual que cada uno sujetara una extremidad del prisionero al ser colocado en la piedra de los sacrificios para impedir que se moviera al ser inminente su trágico destino.

Con la cara pintada de negro, el pelo ensortijado, orejeras y pectorales de obsidiana verde, los sacerdotes no se atrevieron a moverse ante la dignidad y convicción de Chicahua.

El maestro hizo una reverencia ante los sacerdotes y contemplo la hermosa vista de todo Tenochtitlan, el lago de Texcoco y sus alrededores. Los volcanes majestuosos parecían saludarlo. Todo estaba en paz.

Con calma se recostó en la piedra de los sacrificios, nadie lo sujetaba.

El supremo sacerdote en frente de él canturreaba ya una oración mientras humeaba con una copa de copal a los cuatro puntos cardinales y alrededor del pecho del que iba a sacrificar.

Todo empezó a pasar con lentitud, como si el tiempo se alargara.

Chicagua ahora solo veía al dios sol pasando el cenit, el cielo azul y las nubes. La cara del sumo sacerdote empuñando el cuchillo sagrado de obsidiana contrastaba contra el fondo azul cuando lo levantó y en una rápida maniobra, casi mágica, ahora sostenía el corazón aun palpitante en su mano, la cual elevaba al dios sol.

Chicagua en los últimos instantes de su vida pudo ver su propio corazón latiendo con fuerza por Tenochtitlan, por su emperador, y por todo el imperio mexica.

La sangre del maestro se derramó desde su tórax abierto corriendo como rio bravío bajando los escalones de la gran pirámide hasta llegar a los pies de la diosa Tlaltecuhtli.

El sumo sacerdote bajo con el corazón de Chicagua en la mano para acomodarlo con cuidado en la pieza faltante del corazón de la diosa, la cual sonrió con beneplácito por un hijo tan distinguido recibiendo la mayor ofrenda que jamás se había realizado en Tenochtitlan.

Tonatiu y Moctezuma a cada lado del monolito rindieron sus honores en silencio.

Nadie más fue sacrificado ese día como lo dispuso el Tlatoani, solo el valeroso maestro escultor Chicagua y con ese acto el esplendor del monolito roto sobrepaso con mucho a la piedra del sol.

FIN

1 DE MAYO 2017

ALFA…..ROMEO……
METRO….

- "La Armada es la misma a través del tiempo y de la distancia. El escudo nacional, los grados, nuestras insignias y condecoraciones, pero sobre todo nuestra alma, principios y valores nunca cambian."

ALFA........ROMEO......METRO

- Estamos listos para el zarpe mi capitán.

Expresó atento el segundo de abordo en el puente de mando mientras el capitán observaba el horizonte por la banda de estribor.

El Guanajuato, una patrulla oceánica de cien metros de eslora, había entrado a Coatzacoalcos para cargar combustible y abastecerse de víveres el día anterior y hoy saldría a patrullar nuevamente el mar territorial. Había informes de actividad del narcotráfico al norte en las costas de Tampico por el cartel del golfo con embarcaciones pequeñas. Básicamente actividad de menudeo, lanzaban bultos de cocaína al mar y esperaban que el oleaje los llevara hasta la playa donde eran ubicados desde el aire por avionetas que sobrevolaban las playas a baja altura y marcaban los puntos de la perjudicial mercancía.

- Muy bien oficial en turno del puente anote en la bitácora el zarpe para el Alfa ..Romeo…Metro…Papa…Oscar… Primero.. Quinto.. Tercero: el día 22 de mayo del 2014 siendo las mil seiscientas horas nos hacemos a la mar. Toque maniobra de babor y estribor, quiero a todo el mundo con salvavidas puesto.

Respondió con tranquilidad. A sus 45 años el capitán de fragata ya era un viejo y respetado lobo de mar en la Armada. El pelaje plateado de ambos temporales daba fe de ello.

- A la orden señor. Cabo toque zafarrancho de babor y estribor. Para el castillo que suelten amarras de proa. Máquinas ciar en baja, la caña todo a estribor.

La cascada de órdenes fluyó desde el puente, al castillo de proa, la sala de máquinas y toda la cubierta pronto entró en actividad, repitiéndose con exactitud y presteza las órdenes dadas.

El ARMPO -153 Guanajuato era una corbeta idónea para la misión con una tripulación disciplinada y bien adiestrada. Pronto ya surcaba la bocana del rio saliendo a la mar. La marejada del mal tiempo inmediatamente los recibió.

- Que estén alertas los serviola. El narcotráfico tratará de usar el mal tiempo para no ser detectados. Ponga rumbo timonel a treinta grados.

Expreso sereno el capitán tratando de adelantarse a la jugada del crimen organizado.

- Treinta grados capitán. Rumbo, rumbo, rumbo.

Empezó a cantar con viveza el marino a la vez que giraba con presteza la caña.

- Luces de combate. Y radio silencio para toda la tripulación.

Continuó en voz baja el jefe.

El puente de mando se iluminó con una tenue luz rojiza que facilitaba la adaptación del ojo humano a la oscuridad. El puente de mando es el centro nervioso que controla todo el buque y el día de hoy la tensión era mayor de lo habitual, quizás porque afuera la visibilidad era ya muy mala.

- Que los serviolas reporten cualquier avistamiento teniente.

- Se informa.

Respondió con presteza el oficial del puente.

Los golpes de mar hacían que las cuadernas del casco crujieran de manera secuencial desde la proa hasta la popa conforme la tensión dinámica era transmitida y el buque se deformaba progresivamente en arrufo y quebranto mientras remontaba las olas.

El tiempo empeoraba y sobre el horizonte un torbellino negro se estaba formando contrastando contra el gris de las nubes bajas.

- Radar informe meteorológico.

Continuó el capitán mientras observaba a través de las ventanas del puente cuando la intermitencia de los limpiadores se lo permitía.

- A veinte millas náuticas Cumulo nymbus y fenómeno meteorológico no clasificable. Parece un sifón.

En su larga carrera naval el capitán había pasado ya muchos, y peores temporales como el que veía en el horizonte. Lo que no estaba previsto era lo que se avecinaba.

- Capitán informan los serviolas del magistral de un extraño zumbido de bajo tono proveniente de la tormenta.

- Enterado marino, que continúen en sus puestos.

- La caña del timón está presentando resistencia.

Expresó el timonel mientras un fino sudor le perlaba la frente. Siendo uno de los principales instrumentos de gobierno del barco una avería del timón siempre era una contingencia mayor.

- Serán las corrientes producto de la marejada. De todas formas que chequen el sistema electrohidráulico segundo.

- A la orden capitán se checa.

Respondió el segundo de abordo con la boca seca.

El teléfono del puente volvió a sonar rasgando el denso silencio.

- Capitán informa el serviola de estribor que la tormenta esta succionando la marea y al Guanajuato junto con ella.

Expresó inocentemente el oficial.

- ¿Cómo? Pero en qué cabeza cabe. Que se fijen bien, las tormentas avientan el agua, la desplazan de manera centrifuga, la fuerza es centrifuga no centrípeta teniente.

- Se informa, es centrífuga no centrípeta.

A los pocos minutos del informe, toda la tripulación, supo quien tenía la razón. El Guanajuato empezó a ser succionado al enorme túnel que había formado la tormenta al acostarse sobre el horizonte.

- ¡Me carga la chingada!

Expresó molesto el mando.

- Atravesemos la tormenta o lo que sea de una vez. Motores en alta, timón a la vía. Salgamos de esto de una vez.

Resonó nuevamente, la voz del viejo lobo marino por el puente.

- Tripulación con salvavidas, toque zafarrancho de combate, prepárense para impacto, todo asegurado a son de mar.

Continuó con su letanía el capitán mientras se escucharon unos golpes en la puerta que conduce a la escala de la cubierta del magistral. Todos en el puente voltearon a ver la imagen espectral de dos pálidos serviolas que bajaban dando tumbos con ríos escarlata que manaban desde los pabellones auriculares y la nariz. Al abrir la puerta un fuerte zumbido se escucho por un momento.

- Capitán permiso para ser relevados e ingresar en el puente. Ya no podemos más.

Expresaron los marinos mientras trataban de contener el sangrado.

- Permiso concedido. Segundo; que estos hombres vayan a la enfermería. Todo mundo en interiores, nadie en cubierta.

La voz de los marineros era notoriamente más alta que la del resto del personal en el puente debido a la perforación timpánica por el trauma acústico y disbarismo.

La patrulla oceánica entró de lleno en el negro túnel como si entrara a la garganta de un lobo siniestro. Había lluvia, marejada y un extraño halo fosforescente que brillaba por la bóveda del fenómeno meteorológico y los vidrios del puente. Algunos relámpagos iluminaban por momentos el tenso rostro de la tripulación.

Después de quince minutos de navegación un cielo estrellado y luz de luna llena comenzaron a aparecer como telón de fondo a la salida del túnel y la tormenta que el Guanajuato atravesó.

A estribor un buque tanque apareció dentro del horizonte.

- Capitán buque tanque por la amura de estribor.

Expresó de manera sistemática el oficial del puente.

- Y un segundo navío. Parece, parece………..

- ¿Parece qué teniente?

Dijo impaciente el capitán.

- ¿Un submarino de la segunda guerra mundial?

La voz del teniente salió despacio y con incredulidad.

- Timonel; preparado para dar cianboga, todo a estribor a la voz. Radio informe de inmediato a la tercera región naval. Cañón de proa preparado.

- A la orden. Señor.

- Es increíble lo que el narcotráfico hace hoy en día. Ya hay antecedentes de que navegan en submarinos hechizos desde Colombia hasta florida y otras islas del

Caribe. ¿Dónde abran comprado esa chatarra de la segunda guerra mundial?

Expresó con incredulidad el capitán a su tripulación.

- ¡Capitán estela de torpedos pasando por la banda de estribor. Están atacando al tanquero!

Gritó el segundo de abordo.

- ¡Caña todo a estribor. Preparados. Vamos a mandar a esos infelices al fondo del mar y que Poseidón se apiade de sus almas!

Dijo entre dientes el iracundo comandante.

De inmediato todo el Guanajuato se escoró haciendo perder momentáneamente el equilibrio a la tripulación que caminaba por los pasillos y un estruendo apagado de platos que se estrellan contra el piso de la cocina llegó hasta el puente. El Capitán maniobraba para tratar de ponerse en una situación más ventajosa antes de empezar a disparar ubicando el submarino transversalmente a su proa.

Una gran bola de fuego no tardó en observarse, después llegó el estruendo que sacudió los vidrios del puente.

- ¡Gente saltando al agua desde el tanquero!

Informó el oficial del puente.

- ¿Por qué atacan un tanquero de Pemex capitán? No tiene sentido.

Continuó el oficial mientras observaba con los binoculares.

- No lo sé, pero es de bandera mexicana. Segundo dame dos

Disparos sin advertencia directos al blanco.

Ordenó el mando.

- A la orden, cañón de proa dos disparos directos al blanco.

Retransmitió el centro de inteligencia y combate a un costado del puente.

Los disparos del Guanajuato no tardaron en salir, uno impacto directo en la torreta del submarino, levantando una nube de humo, detritus y esquirlas de metal.

El segundo una columna de agua como geiser a varios metros sobre la superficie del mar ligeramente a estribor del blanco.

- ¡Dos serviolas heridos, veo gente uniformada saliendo por la escotilla para asistirlos!

Informó el teniente mientras continuaba observando con los prismáticos.

- ¿Cómo que uniformada? El narcotráfico no usa uniformes.

Corrigió el capitán.

- Afirmativo. Uniformada. Uniforme gris, algunos con gabardina, y cuartelera, insignias con la esvástica. Son alemanes o pretenden serlo. Y un segundo navío los persigue a distancia, por nuestra amura de estribor, es un cañonero de bandera mexicana, matrícula de guerra, Charlie - 02.

Continuaba informando al mando el teniente con un largo monólogo.

- ¿Charlie 02? ¿El antiguo Guanajuato? ¿Cómo pudieron sacarlo a navegar si ya es un museo? Y ¿cómo llegó tan rápido aquí desde Boca del Rio.?

- Bueno bienvenidos los refuerzos, de cualquier manera ya los tenemos, con esa avería no podrán sumergirse.

Dijo lentamente el mando mientras se emparejaban los barcos, navegando en paralelo, como a unos cien metros uno del otro. Momentáneamente, como en espejo, los dos barcos bautizados con el mismo nombre pero diferente matrícula de guerra. ¿Cómo era eso posible?

A unos cincuenta metros de distancia por un momento las tripulaciones de los barcos se miraron asombradas, ambas portaban el uniforme beige de faena con las mismas insignias. El capitán observó rápidamente con los binoculares a su contraparte en el puente de mando. Su padre había servido en ese mismo barco hace muchos años durante la segunda guerra mundial con la función de escoltar a los convoys. Por un momento fugaz pudo ver un rostro que le pareció familiar a través de los binoculares.

Algunos marineros señalaban a la patrulla oceánica desde la banda de babor con asombro. Ninguna de las tripulaciones a ambos lados del espejo había visto a su contraparte durante la tormenta.

Poco a poco la trayectoria de los navíos se hizo divergente, uno iba al tanquero, el otro en la persecución del submarino.

- ¡La proa del tanquero empieza a levantarse, veo el nombre capitán; Faja de Oro!

- ¡Imposible trae acá eso!.

Dijo el mando mientras tomaba los binoculares para comprobar lo que su subalterno le informaba.

El Faja de Oro estaba herido de muerte y de su corazón manaba un rio negro pegajoso que ardía en algunos sectores de la superficie del mar. Las cuadernas y los mamparos crujían como los últimos estertores de un moribundo. Estaba por exhalar su último aliento. El aire era una mezcla de petróleo y carne humana quemada.

A un kilometro unos marinos nadaban desesperados tratando de alejarse de la popa del barco.

- Vamos para allá timonel, con cuidado motores en baja. Timón a babor Que tiren una escalera marinera por la banda de babor por si algún naufrago llega hasta acá.

- El submarino se está alejando a toda máquina,¿ los seguimos?

- Negativo Segundo primero los heridos y náufragos. Que bajen las zodiacs.

Después de unos minutos y con las zodiacs en posición se realizó la maniobra de búsqueda y recate.

- Las zodiacs informan 5 marinos a bordo, algunos cuerpos carbonizados, aun buscan entre el petróleo.

- Que se alejen un poco o la cavitación que produzca el hundimiento los va a succionar.

Dijo el capitán calculando lo que venía.

- Se informa.

Repitió una voz del centro de inteligencia y combate.

El ataque del submarino había sido despiadado y relámpago contra un blanco civil, un buque indefenso, sin ninguna lógica ya que no abría ninguna ganancia secundaria de esto. Ni siquiera la del terrorismo ya que solo las tripulaciones, lo habían presenciado.

¿Qué pasaba? El infierno desatado sobre el mar estaba ya fuera de control. Pardeaba ya cuando se izaron las zodiacs a bordo. Entre rechinidos y el estruendo de mamparos que colapsan, él Faja de Oro lanzo su último suspiro y grandes bocanadas de aire salieron de su casco justo antes de que la mar lo recibiera en su seno. La vida le había sido arrebatada al navío.

La tormenta había pasado y el mar estaba extrañamente como plato.

- ¡Timón todo a estribor, la tripulación de la maniobra de vuelo en cubierta. Que despegue el helicóptero de inmediato para informar el rumbo del submarino. Marinos vamos con todo por ellos.!

Resonó la arenga en el puente y la tripulación sedienta de venganza y con el dolor reflejado en los rostros por los compatriotas muertos vitorearon la orden.

Bajo los laureles de la gorra, el ceño del capitán estaba fruncido por no haber podido hundir al submarino en el primer intento y por los acontecimientos presenciados.

El helicóptero despegó a los pocos minutos saliendo por la banda de babor a toda máquina, elevándose progresivamente para ser los ojos del águila del Guanajuato.

Al poco rato el informe de la radio resonó intermitentemente por todo el puente de mando.

- Albatros para Guanajuato, a la presente, tres estelas en el mar, dos submarinos, y la del cañonero con bandera mexicana. C-02 que sigue en la persecución.

- Continúa en la misma derrota, a toda máquina, el cañonero empieza a disparar.

- Enterado Albatros, aquí Guanajuato ARM PO- 153, corregimos el rumbo. Se informa.

Respondió de manera automática el operador de la radio.

El capitán sentado en su sillón se mecía ligeramente con el vaivén de la marejada tratando de armar el rompecabezas que la realidad le presentaba al mismo tiempo de librar una épica batalla naval.

- Capitán la tripulación está ya siendo atendida en la enfermería.

Informó el segundo de abordo.

- Correcto espero el reporte de sanidad. Que suban algún náufrago que esté en buenas condiciones.

Respondió taciturno el capitán desde su sillón. Las dudas comenzaron a asediar su mente. El rompecabezas no cuadraba, nada estaba en perspectiva. Perseguían narcotraficantes y ahora resulta que eran submarinos nazis. La única luz que le marcaba claramente el rumbo de su proceder eran sus funciones, las acciones y los valores que su barco debía resguardar.

A los pocos minutos sonaron los pasos por la escala de la cubierta del comedor y el pasillo que conducía al puente de mando. Se abrió la puerta para dejar ver a un joven oficial que portaba el mismo uniforme beige de faena aun mojado, y gorra cuartelera por lo que saludo en cuanto vio al capitán.

- Teniente de Corbeta José Ramírez López reportándose. Señor.

El teniente parecía sorprendido con la consola de control y paseaba la vista de un lado a otro cuando podía, fijándose en los instrumentos como si nunca los hubiera visto.

- Bienvenido a bordo del Guanajuato Teniente. Lamento mucho lo sucedido. ¿Eres extranjero?

Inició el capitán el interrogatorio.

- No capitán, pertenezco a la Armada de México comisionado al buque Faja de Oro que acaba de ser hundido.

Respondió el joven oficial.

- ¡De que habla teniente, no estoy para bromas. Ese barco hace mucho tiempo que se hundió, y por respeto no deberías ni mencionarlo!

Expresó molesto el jefe ante la creciente confusión que la respuesta del teniente le causaba.

- Si capitán hoy es 22 de mayo de 1942 y acabamos de ser hundidos por el enemigo, estas aguas están infestados por jaurías rabiosas de submarinos alemanes que atacan a la marina mercante causando grandes estragos. Nos comisionaron a nosotros porque no había tripulación para este buque confiscado hace unos meses a los mismos alemanes.

- ¡Si conozco la historia naval de mi país teniente. Y te recuerdo que estás hablando con un capitán y mentirle al mando es severamente sancionado por la ley. Hoy es 22 de mayo del 2014, en qué mundo vive teniente!

Dijo el capitán levantando la voz como un huracán. La paciencia del mando se agotaba.

- Con el debido respeto capitán hoy es 22 de mayo pero de 1942.

Respondió con asombro y respeto el teniente.

Las dos fecha resonaron por todo el puente mientras se hacía una larga pausa en el centro neurálgico del barco quedando en silencio el mando y el subordinado.

Bajo esta luz ahora todas las piezas del rompecabezas empezaron a encajar con perfección milimétrica, en ese mosaico, que el tiempo estaba desplegando ante sus ojos.

El capitán parpadeó. No perseguían narcotraficantes, si eran alemanes, el tanquero hundido no era de la flota de Pemex, sino el Faja de Oro y estaban en medio de la segunda guerra mundial.

El teniente que tenía enfrente no era de la marina mercante, era de la Armada de México comisionado como efectivamente ocurrió a él Faja de Oro.

¿Pero como sucedió todo esto?

- La tormenta es la única respuesta.

Dijo el capitán con asombro al final de que el rompecabezas quedó armado en su mente.

- La tormenta abrió un túnel a través del tiempo en la misma fecha de la historia, como un cortocircuito entre dos planos del tiempo plegados que por un momento corren paralelos, no lineales.

Ahondo el capitán en el tema.

- Pues como quiera que haya sido capitán nos salvaron la vida. Los nazis tienen órdenes de no tomar prisioneros, ni náufragos, nos hubieran masacrado en la superficie con las ametralladoras.

Expresó el teniente con alivio.

El capitán lo observó por primera vez con detenimiento. Vestía el mismo uniforme pero las insignias eran anticuadas, similares a las que su padre portaba y que había visto de niño. Y ese rostro familiar ¿habría sido el de su padre en el puente del cañonero Guanajuato?

- Tenemos una aeronave no identificada entrando en espacio aéreo restringido por la aleta de babor capitán.

Informó la radio.

- Que informen al contacto visual los serviolas.

- Informa Albatros que la tripulación del submarino averiado está transbordando al segundo submarino.

Terminó de informar el operador de la radio.

- Enterado. ¿En cuánto tiempo los tendré a la vista?

- Aproximadamente diez minutos de navegación al objetivo.

Comentó una voz del cuarto de navegación en el costado opuesto del puente.

- La misión de la Armada es la misma a través del tiempo y de la distancia teniente, preservar la vida, el estado de derecho, defender la soberanía, el patrimonio y el mar territorial. Mandare a esos infelices a Leviatan con todo y su filosofía nazi, sea el año que sea.

Expresó con convicción el lobo marino.

- Segundo informe.

- Contacto visual, sobre el horizonte de los submarinos, el avión que nos acaba de pasar es un bimotor de la fuerza aérea mexicana.

Dijo el segundo de abordo con precisión.

- Blanco a fil de roda, el segundo submarino inicia inmersión.

- ¡Abran fuego que no escapen!

Rugió el capitán.

Al minuto sonó el teléfono del puente entre los estruendos de los cañonazos. El capitán tomó el teléfono.

- Capitán. Serviola de estribor dos impactos en la cubierta de proa. El avión de la fuerza aérea acaba de soltar sus bombas.

- Bien por la fuerza aérea, nos cubrirán el rastro en la historia. Aunque los orificios de la cubierta no concuerden con los proyectiles estarán en el fondo del mar.

Le comentó el capitán a su segundo de abordo.

- Segundo objetivo asegurado.

- ¡Abran fuego!

Resonó de nuevo la orden.

Nuevamente, el estruendo de los disparos sacudió toda la estructura del buque. Disparaban sin cesar, era la última oportunidad de hundir el submarino antes de que continuara su inmersión, ya que la patrulla oceánica no estaba equipada con cargas de profundidad. En la actualidad no eran necesarias.

- Sonar informa que el objetivo ya cruzó los treinta metros de profundidad, los perdimos.

Informó el centro de inteligencia y combate.

- Si ya veo. Cese el fuego.

Comento con resignación el comandante.

- Timonel maniobra de cianboga perimetral al primer objetivo. Navega en círculos hasta nueva orden. Que albatros busque sobrevivientes, nosotros no los mataremos pero si los llevaremos ante la ley.

- Se informa.

Una gran columna de humo, dando giros en contra de las manecillas del reloj, en un espiral siniestro, se alzaba sobre el horizonte desde la esvástica de la torre del submarino hasta el universo.

Los dos buques Guanajuato ya circunnavegaban el área, dando giros en el sentido opuesto junto con el avión de la fuerza aérea, corrigiendo, metafóricamente, la energía negativa liberada desde la superficie del océano para equilibrarlas en la tierra y el universo.

El pasado y el presente unidos habían defendido la soberanía nacional. Cuando el mal acechó nuestras costas y atacó a los mercantes aquellos valientes marinos no dudaron en tripular los buques como el Faja de Oro, y el Potrero del Llano entre otros y acababan de ofrendar, nuevamente su vida.

El día de hoy el puente de la virtud había unido dos fechas paralelas en la historia, permitiendo extrañamente que los dos navíos con el mismo nombre aunque con diferente numeral participaran en la misma batalla contra un enemigo común y eterno.

- El enemigo sigue siendo el mismo teniente.

Rompió el silencio del puente el capitán con voz calmada.

- El mal quiere adueñarse del mundo. Como un velo oscuro que cae sobre la humanidad Capitán.

Respondió el teniente con la vista perdida en el espiral de humo que se alzaba en el horizonte.

El cañonero Guanajuato se había incorporado ya a la formación dando alcance a la patrulla oceánica navegando en círculos a popa. Sus cañones de proa aun humeaban, producto de los incesantes disparos que había realizado durante la batalla.

-   Sabias palabras para su edad y no saber el desenlace final de este episodio de la historia teniente. Lo que ahora vemos es el resultado de la operación secreta llamada tambor batiente lanzada por Adolfo Hitler con la finalidad de controlar los suministros de los aliados y así romper la cadena de abastecimiento para Inglaterra. Lo lera en unas décadas teniente.

Expreso con una sonrisa el capitán.

-   La Armada es la misma a través del tiempo y de la distancia. El escudo nacional, los grados, nuestras insignias y Condecoraciones. Pero sobre todo nuestra alma, principios y valores nunca cambian.

Respondió con convicción el teniente.

-   Así es marinos de todos los tiempos y el día de hoy nos apuntamos un hundimiento. O mejor dicho, se lo apunto la fuerza aérea, porque nosotros nunca estuvimos aquí.

Rió con fuerza el capitán, la cual fluyó como una cascada que relajó a toda la tripulación en el puente. Mientras observaba las estelas de las propelas de los navíos, que por momentos navegando en espejo borraban con una espiral de virtud la mancha de aceite y diesel que obstinadamente en forma de esvástica sobre la superficie del mar aun tenia la inercia de girar en contra de las manecillas de reloj. Tratando hasta el último minuto, de dejar una huella en la historia.

- Bueno muchachos. Volvamos a casa. Segundo encárguese de bajar las balsas para estos destacados oficiales y marinos del Faja de Oro, con agua, fruta, raciones secas y mi mejor botella de Whiskey, que estos compañeros, bien se la merecen.

Expresó con satisfacción el capitán.

- Teniente no puedo llevarlos de regreso en esta patrulla oceánica porque alteraría el curso de la historia de este país como actualmente la conocemos. Pero sepan que la Armada y todo México están muy orgullosos de ustedes, que pasarán a las páginas de la historia como un ejemplo de virtud, valentía, espíritu de servicio, y amor sin límites a la patria.

Expresó con orgullo el capitán mientras le devolvía el saludo militar al teniente justo antes de que saliera del puente de mando.

- Muchas gracias. En realidad; todos somos uno, hoy y siempre, a través del tiempo y de la distancia. Somos una sola Armada. Buena mar y mejores vientos mi capitán.

El teniente se retiró descendiendo de manera ágil la escala para llegar a la cubierta de vuelo donde las balsas con el resto de los náufragos del Faja de Oro ya esperaban.

- Capitán el avión de la fuerza aérea informa de lo sucedido. Los primos sobrevuelan aun él aérea y el cañonero Guanajuato se alista para rescatarlos.

Informó el segundo de abordo.

El túnel de la tormenta empezaba ya a formarse en el horizonte inclinando el embudo progresivamente hasta ponerse sobre la superficie. El mar adyacente al fenómeno meteorológico se agitaba con fuerza en marejadas que rompían contra la proa del Guanajuato. El puente entre el pasado y el presente se había abierto nuevamente para permitir el regreso de la patrulla oceánica.

- Bueno muchachos. ¡Misión cumplida! Tuvimos el honor de luchar contra el enemigo y hundirles un submarino, aunque todo esto sea confidencial, la satisfacción de la misión cumplida ya nadie se las quita. No esperen condecoraciones, ascensos o días de franquicia porque nadie está enterado de lo ocurrido y es poco probable que nos crean, a partir de este momento señores esta operación es confidencial.

Expresó con una amplia sonrisa el capitán.

- Timonel. Enfila la proa, rumbo 180 grados precisamente donde se ve la tormenta. El segundo de abordo tiene el mando.

Fueron las últimas palabras del comandante antes de salir del puente al comedor.

Y así el Guanajuato surcó por un breve espacio de tiempo el mar territorial de ayer y de hoy, para ser uno con la Marina Armada de México tendiendo un puente a través del tiempo para defender por siempre la soberanía nacional y nuestro mar territorial.

- En memoria de los valientes marinos mexicanos que lucharon y perdieron la vida en actos del servicio durante los hundimientos de los buques mercantes Faja de Oro y Potrero del Llano el 13 y 22 de mayo de 1942.

CALMECAC

Como líder tenía que tomar una decisión.
La primera decisión era sencilla, pero iba
en ello la vida; atacar o retirarse en sigilo.
La segunda como llevar a cabo el ataque.

CALMECAC

Los rayos de Tonatiuh bañaban con tonos dorados las copas de los árboles en el templado atardecer de la selva del sur.

Acoltzin y su patrulla de guerreros bisoños realizaban prácticas en terreno táctico de la prestigiosa escuela de guerra.

El Calmecac era la primera piedra en la ardua carrera militar de los guerreros y sobre la cual se edificaba el gran imperio mexica. Sojuzgando y obligando a pagar tributo a todos los pueblos de costa a costa mediante esta refinada maquinaría bélica.

Habían recorrido ya un largo trayecto a través de denso follaje evadiendo a las patrullas de sus instructores. La misión para el día de hoy consistía en ser invisibles. Invisibles a los experimentados ojos de la elite. Los afamados caballeros águila y jaguar, de México Tenochtitlán.

Para completar esta lección los jóvenes guerreros integraban todos los conocimientos que la escuela de guerra les había enseñado. Ponían en práctica mimetismo, sigilo, reconocimiento del terreno, silencio y rapidez en sus maniobras entre otras cosas.

Llevaban ya dos días recorriendo las tierras del sur. Comiendo insectos, recolectando agua de lluvia de algunas plantas cuando no se cruzaban con riachuelos.

El premio, si la misión era exitosa, sería la promoción de los alumnos a guerreros noveles incorporándolos a las filas del gran ejército mexica.

Fungiendo como líder Acoltzin guiaba a un grupo de 6 elementos navegando a través del terreno y denso follaje sin ser detectados. Estaban a un día de alcanzar el objetivo cuando algo extraño sucedió.

En un remanso de la selva escucharon voces y faenas poco habituales. Seguramente los instructores les planeaban una emboscada a los incautos.

Acoltzin levantó la mano en alto para que el resto de su patrulla lo viera. Sus músculos se tensaron mientras escuchaba, automáticamente y de manera intuitiva redujo su silueta para cubrirse con los pequeños arbustos que había en el terreno. El resto de la patrulla lo imitó.

Acoltzin y su compañero se adelantaron como avanzada dirigiéndose a la fuente de los extraños sonidos. De esta manera el resto de la patrulla permaneció protegida por el manto de la selva lista para contratacar en caso de que los instructores se lanzaran contra ellos para capturarlos y terminar con esto con el ejercicio.

Acoltzin y su compañero observaban desde la maleza. El grupo de instructores estaba ocupado de lanzar redes a las ramas y copas de los arboles. Atrapaban un verde tesoro viviente que trataba de escapar volando por los pequeños huecos que las redes dejaban.

El trinar de las aves se escuchaba como lamentos que ascendía para alcanzar la bóveda de los dioses mexicas.

Acoltzin estaba completamente confundido. ¿Porqué sus instructores habían abandonado las prácticas de guerra para cazar?

Pensó Acoltzin mientras las ideas iban poco a poco decantándose hasta que súbitamente salto en su mente al ver la pintura y las pieles que usaban esos guerreros.

Los supuestos instructores en realidad eran invasores. Invasores de una tribu enemiga de la frontera sur.

- Maldición. Por la sangre de la Coyolxauhqui.

Murmuró Acoltzin con rabia e indignación.

Y no solo osaban cruzar los límites del imperio sino que estaban cazando a sus aves sagradas. Sí, el Quetzal para los aztecas era sagrado y considerado un regalo de los dioses. Tan venerado que su trinar había sido emulado en el eco que se produce al aplaudir frente a la gran pirámide de Chichenitza.

El bello plumaje esmeralda era destinado solo para la clase gobernante y existía pena de muerte para quien cazara esta preciada ave. Solo los sacerdotes estaban autorizados a recolectar sus plumas cuando mudaban el plumaje o atraparlos con cuidado para arrancar unas cuantas plumas y dejarlos nuevamente en libertad.

Las plumas eran mágicas para los aztecas, ya que cuando las miraban desde un ángulo se veían de color verde esmeralda, pero tenían la mágica facultad de cambiar a azul turquesa cuando se observaban desde el lado opuesto. Y lo más sorprendente era que cuando las habían triturado tratando de obtener el mágico pigmento solo habían obtenido un polvo gris, como si el color divino hubiera escapado y retirado por los dioses.

Acoltzin volteó a ver a su compañero. El miedo ya se empezaba a asomar en su rostro al comprender que el enemigo era superior en fuerza y número.

Hasta el momento habían pasado inadvertidos para los invasores. Con movimientos ágiles regresaron al punto de partida para comunicarle al resto de la patrulla las novedades.

A pesar de la disciplina el temor se extendió por el resto de patrulla conforme Acoltzin transmitía por señas la presencia del enemigo. Ni una palabra se pronunció, pero el mensaje estaba claro.

En su interior Acoltzin sopesaba la situación para saber qué hacer.

Como líder tenía que tomar una decisión. La primera decisión era sencilla, pero iba en ello la vida; atacar o retirarse en sigilo. La segunda como llevar a cabo el ataque.

Una mescla de sentimientos emergían como agua en ebullición: peligro, miedo, indignación y coraje por lo que habían presenciado revoloteaban como la migración de las golondrinas en la cabeza del líder. Los ojos de toda la patrulla estaban puestos en él. Esperaban indicaciones.

La cascada de señales no tardo en llegar. Con energía y liderazgo Acoltzin transmitió las órdenes a sus subalternos quienes ya empuñaban sus escudos, lanzas y macuahuitl. Atacarían al enemigo.

Adoptando una formación hexagonal con Acoltzin en el vértice de su grupo, dos guerreros en cada flanco y uno en la retaguardia.

Sería un ataque relámpago. Tenían el factor sorpresa como su aliado, pero si algo salía mal en la ejecución de la maniobra les costaría la vida.

El enemigo seguía casando quetzales concentrados en que no se escaparan las aves sangradas.

La patrulla avanzó lentamente sin hacer ningún ruido hacia el enemigo. Un pequeño claro en la selva se interponía entre los invasores y los jóvenes mexicas donde ya no escarian cubiertos por el denso follaje de la selva.

Con un grito que rasgo con fiereza el atardecer los guerreros aztecas se precipitaron a toda velocidad sobre el enemigo.

La pintura hecha de cenizas y lodo ya no podía mimetizarlos en espacio abierto. Ahora dependían solamente de una maniobra rápida para asestar el golpe mortal al enemigo.

Los invasores fueron tomados por sorpresa, algunos reaccionaron a tiempo para tomar sus armas. Pero hasta el momento Acoltzin llevaba la ventaja. Se escuchaban golpes sordos que retumbaban aquí y allá en el tórax y abdomen del enemigo, mientras que las obsidianas que recubrían las caras laterales de los macuahuitlis, esta formidable espada conocida y temida de costa a costa, hacia su trabajo cortando las extremidades de sus adversarios, ya que de un solo golpe podía cortar la extremidad del oponente desangrándolos en minutos. Tal era el filo de sus obsidianas.

Los alaridos de dolor no tardaron en surgir aunque los individuos más graves no podían ni quejarse.

Los estudiantes del Calmecac golpeaban y se movían rápido sudando profusamente.

El ataque relámpago había funcionado. La estrategia bien ejecutada y en el momento oportuno había aniquilado al enemigo. Casi habían terminado cuando un relámpago negro cruzó en medio de la patrulla para irse impactar en un pecho mexica.

Uno de los últimos elementos de la patrulla enemiga había lanzado desde la retaguardia la mortal lanza.

El dolor cruzó de la misma manera sacudiendo a toda la patrulla.

El herido azteca cayó como un árbol derrumbándose de costado mientras manaba una sabia de manera profusa. La lanza aún latía moviéndose con el mismo vaivén del corazón.

Con esto la batalla se reavivó al final, como si el pecho abierto del compañero soplara cenizas incandescentes del fuego de la ira sobre sus compañeros.

Pronto cayó el último de los invasores que había herido de muerte al joven azteca.

Cambiando de inmediato las prioridades, ahora Acoltzin corrió hasta el herido arrodillándose y con manos temblorosas levantó su cabeza.

La respiración del herido era agitada, entrecortada, irregular y con estertores de muerte. La herida también succionaba el vital aire como queriendo aspirar lo que la boca no alcanzaba a meter. Estaba pálido como la nieve de los volcanes, y ya había perdido el conocimiento mientras que un rio rojo manaba desde el tórax bañando el abdomen y la tierra circunvecina como si el árbol estuviera regando el preciado líquido al inframundo o señor de Xibalba.

La lanza disminuyó progresivamente sus oscilaciones, como si esta y el corazón fueran ahora una sola pieza. Finalmente entre estertores de agonía el guerrero mexica espiró.

No hubo palabras pero todo estaba dicho.

Acoltzin cerró los parpados de su compañero con sollozos temblándole aun las piernas por el dolor y el fragor de la batalla y de un solo movimiento arranco la detestable lanza del tórax de su mejor amigo.

El resto de la patrulla se había arrodillado formando un círculo para dar la seguridad perimetral en torno al líder y al herido. Aun podía haber enemigos en las inmediaciones cazando en otros lugares cercanos. Veían lo que acontecía de reojo mientras vigilaban la selva y lloraban en silencio.

Un alumno del Calmecac había muerto en una práctica y la carga emocional que experimentaba el líder era evidente. El peso de la responsabilidad le oprimía el pecho a Acoltzin como si le hubieran dejado caer el monolito de la Coatlicue. El había tomado la decisión y su decisión había matado a su mejor amigo.

-   ¡Oh Quetzalcóatl recibe el espíritu de este guerrero y apiádate de nosotros!

El Calmecac como escuela de guerra era estricta en la impartición de justicia.

Acoltzin levantó algunas redes con las aves sagradas aun cautivas por el enemigo. Era la evidencia que justificaba el ataque. Tomó su obsidiana y cortó la red

Liberando a todas menos una que presentaría ante el Calmecac. Las aves de inmediato levantaron vuelo como un rio verde tornasol para perderse en la selva.

El alumno fue sepultado en la oscuridad de la noche, solo su lanza y el escudo o chimalli siguieron el recorrido.

A la mañana siguiente llegaron al objetivo. Cansados y tristes dieron parte a unos atónitos instructores que los esperaban en el punto de reunión desde el día anterior.

A Acoltzin la responsabilidad de los hechos le estrujaba el corazón como una garra de jaguar. La incertidumbre lo cuestionaba una y otra vez sobre la decisión que tomó y su mente empezaba a dudar sobre su actuación y hasta de los mismos principios y escala de valores.

- ¿Y si no hubiera atacado?

- ¿Y si nos hubiéramos retirado en silencio?

Acoltzin se debatía pensando y analizando una y otra vez las decisiones tomadas.

- ¿Y si no se hubiera topado con el enemigo?

¿Si no hubiera investigado la fuente de los extraños ruidos?

A la mejor su amigo seguiría vivo. Acoltzin estaba pálido, ojeroso y flaco para cuando llegó al Calmecac. Tenía el rostro del enemigo que está a punto de ser sacrificado a los dioses.

El no poder cambiar los hechos y revivir a su amigo le quemaba el pecho como fuego que abraza en los incensarios.

Acoltzin fue llevado ante el consejo de guerra del Calmecac en cuanto regresó a Tenochtitlán. Se rumoraba que al día siguiente el mismo Moctezuma presidiría el consejo de guerra por la muerte de un joven guerrero en las prácticas de campo.

Como emperador y jefe supremo del ejército Moctezuma tenía esa y muchas otras facultades y canonjías.

El juicio comenzó, después de un largo debatir por los distintos oradores sobre deberes militares, responsabilidad, la necesidad de proteger al imperio y la pérdida de un joven cadete de la escuela de guerra, la balanza de la justicia azteca aun no alcanzaba a decidir sobre el futuro de Acoltzin cuando el emperador apareció en el patio del Calmecac.

De inmediato todos bajaron la vista como señal de subordinación respeto. El silencio solo era interrumpido por los pasos de su comitiva que precedía al emperador esparciendo pétalos de flores y asegurando el perímetro por donde pasaba el emperador.

Era evidente que Moctezuma estaba enterado de los hechos que habían sucedido en los confines de su imperio.

El tlatoani se aproximó y con lentitud subió a una pequeña plataforma en el centro del Calmecac. La serenidad en sus movimientos subrayaba su alta jerarquía y comunión con los dioses.

Dirigió la vista al joven guerrero quien era juzgado por el Calmecac y con voz potente pronunció:

-Joven Guerrero Acoltzin: Bajo tu mando un joven alumno del Calmecac perdió la vida. Sus padres aun lloran su muerte.

Comenzó a decir el Tlatoani con voz pausada, como dando un marco de referencia a los hechos que habían sucedido.

El silencio permitía que la voz de Moctezuma pudiera escucharse por todo el Calmecac.

- El dolor los envuelve y muerde fuerte su corazón como prisioneros que van a ser sacrificados. Y también veo la duda y el peso de las decisiones tomadas en el brillo de tus ojos.

- Sin duda es duro pertenecer al ejército mexica y más duro tener que vivir con el resultado de las decisiones tomadas.

Continuó el emperador con el mismo tono de voz.

- La vida es el valor supremo que nuestros dioses cuidan y también demandan.

- Intercambiar la vida de un joven guerrero por unas aves parecería que esta fuera de toda proporción y siembra la duda en el corazón de todos los que lo conocimos. Con mayor razón si la vida de este alumno era la de tu mejor amigo.

La pausa que prosiguió a las palabras del soberano permitía escuchar hasta la respiración entrecortada de Acoltzin. Nadie se movía.

Moctezuma se paseó con superioridad, su vestimenta blanca era inmaculada. Observaba con atención la cara de los jóvenes alumnos del Calmecac. Quizá recordando los tiempos en los que el mismo acudió a esta escuela de guerra.

-Pero no son las preciosas plumas del Quetzal lo que aquí importa. Es todo lo que hay detrás de esas aves lo que está en juego.

Con estas palabras el tlatoani nuevamente ponía en perspectiva los hechos ocurridos.

El humo del ocote se desprendía desde los incensarios colocados en las esquinas de la plataforma y ascendía lentamente hacia lo divino.

- No podemos tolerar que el enemigo rebase nuestras fronteras, capture nuestras aves, nos robe su bello plumaje y atente contra lo sagrado.

Ahora en la voz del emperador había coraje e indignación.

- La pena de estos enemigos hubiera sido cruel y despiadada. La justicia mexica no hubiera tenido ninguna consideración.

- De la naturaleza y lo sagrado solo se toma lo necesario. Como las plumas de estas aves que son recolectadas o arrancadas cuidadosamente solo por los sacerdotes autorizados sin matar al quetzal.

- El balance de la naturaleza es sagrado alumnos del Calmecac.

- Jóvenes guerreros, pese al dolor que a todos nos embarga, sepan que los actos realizados por una patrulla de jóvenes guerreros sin la guía de un instructor en los confines del imperio fue sobresaliente.

Con estas palabras el juicio de Acoltzin tomaba ahora otro rumbo.

- Tengan la certeza que la decisión tomada en estos hechos fue la correcta y es agradable a los ojos de nuestros dioses. Así me lo han comunicado a través del espejo humeante.

Moctezuma estaba finalizando con estas palabras su discurso.

La sentencia estaba a punto de pronunciarse. La vida o la muerte de Acoltzin estaba a punto de pronunciarse.

- Guerreros del Calmecac futuro de Tenochtitlán. Que esta prueba de vida les enseñe lo difícil que es el arte de la guerra y para lo cual se preparan con ahínco todos ustedes diariamente.

Continuó con voz enérgica Moctezuma ante los ojos atónitos de todo el alumnado.

- Alumno del Calmecac Acoltzin Izcoatl Tres Jaguar: en pie.

Ordenó Moctezuma con energía.

- Que el veredicto de este consejo de guerra se publique en todas las plazas.

- Acoltzin: toma esa ave que guardas como evidencia de tu recto proceder y libérala para que así también liberes tu atormentado espíritu de toda culpa.

Acoltzin se incorporó con viveza, cortó las redes que encarcelaban al ave sagrada y tomándola con las manos la elevó a la vista de todo el Calmecac liberándola.

De inmediato un rayo verde tornasol remontó el vuelo emitiendo chillidos agudos de agradecimiento ascendiendo hacia el azul celeste de lo divino mientras Moctezuma salía con su comitiva del Calmecac pasando en frente de la formación de los alumnos.

Y Acoltzin, exonerado de toda culpa, suspiró con la misma gratitud que el quetzal liberado.

IZCÓATL

"Que el copal purifique tu espíritu, los dioses continúen guiando tus manos y la llama del fuego nuevo renueve tu espíritu cada amanecer para darte siempre valor."

IZCÓATL

Luz, esta patrulla azteca necesitaba luz, toda la luz que se pudiera encontrar. Y que mejor lugar para encontrar la luz que la pirámide del sol.

La formación delta volaba por la calzada. Desde lo alto de la pirámide los ojos del sacerdote vieron como algo se agitaba y reptaba partiendo en dos a la multitud que transitaba a esta hora por una de las cuatro calzadas que unían Tenochtitlán a tierra firme.

Sorprendido el supremo sacerdote veía como Quetzalcóatl serpenteaba, abría y empujaba a la muchedumbre a cada lado de las calles de la perla del lago de Texcoco hasta llegar al pie de la escalinata. El clamor de la serpiente emplumada se oía ya y dejaba a su paso un rastro carmesí que iba subiendo por los escalones de la majestuosa pirámide.

Pero algo en la mente del Chamán no le cuadraba.

¿Por qué el zac-be rojo rutilante subía en lugar de descender? Quetzalcóatl siempre descendía.Descendía a la tierra y a sus mortales de muchas formas. Estaba en el viento agitando los verdes campos al hacerlos prósperos, bajando desde la piedra de los sacrificios en color rojo escarlata, o progresivamente conformado por los triángulos de sombras que se integraban en las escalinatas de la pirámide de Chichén Itzá en los equinoccios. Pero nunca ascendía y menos recorriendo todos los escalones hasta la piedra de los sacrificios.

Un gran temor como monolito cayó sobre su pecho. La gran serpiente emplumada ascendía a gran velocidad para morder su corazón y ponerlo a prueba. Algo malo, muy malo abría ocurrido o abría hecho. Quizá abría dudado al ofrecer a su Dios el corazón de los últimos guerreros capturados en batalla en las últimas festividades, quizá abría murmurado en contra del emperador Moctezuma, o quizá no abría sacrificado el suficiente número de prisioneros para impulsar el cosmos.

Estos eran sus pensamientos del supremo sacerdote cuando pudo ver a Izcóatl que sudaba como los ríos del sur y gritaba a la cabeza de la formación volando los últimos escalones que lo separaban de la cima. Cinco guerreros jaguar, la élite del ejército mexica, transportaban a toda velocidad un bulto de donde manaba el espíritu de Quetzalcóatl. Un joven caballero águila quedó expuesto al abrir las blancas mantas como pétalos de rosa. La flecha que salía del lado izquierdo de su pecho aún se agitaba con cada latido. El enfermo había perdido la conciencia conforme salía su alma en forma de rio carmesí cerrando sus ojos como el manto de la noche, por última vez.

El chaman de inmediato cuadro su pensamiento y entendió lo sucedido. Una flecha enemiga había acertado en lo más profundo del joven, haciendo blanco en lo que impulsa la sangre y el universo. Había dado justo en el corazón del guerrero. Aquel órgano que con tanta agilidad el supremo sacerdote arrancaba del pecho a los prisioneros de las guerras floridas para ofrecerlo aun palpitante elevándolo hacia Tonatiuh para impulsar la carrera del sol a través del firmamento.

El caballero águila fue depositado con cuidado en la piedra de los sacrificios. Lucia blanco como las paredes encaladas de Tenochtitlán. Un fino sudor perlaba su frente y el color azul de

la muerte se asomaba en sus labios y parpados, colores que el supremo sacerdote con sus años de experiencia identificó de inmediato.

Quetzalcóatl manaba y descendía desde la piedra sangrada con un rojo rutilante.

- Luz supremo sacerdote, queremos luz. Salve a este joven capitán del ejército mexica.

Dijo Izcóatl con voz potente.

El chamán en silencio observaba. Sabía que el guerrero iba a morir pronto y el temor de reconocer a Quetzalcóatl, al mismísimo Dios, aun mordía fuerte su corazón, porque ahora todo se invertía. Quetzalcóatl ascendía, un guerrero esperaba agonizando en la piedra de los sacrificios pero no para que le extrajera el corazón sino para que sanara la mortal herida recibida en batalla.

La flecha impaciente aun se agitaba en el tórax del capitán azteca.

- Luz supremo sacerdote, ilumine a este joven guerrero y sane sus heridas

Volvió a insistir el impaciente Izcóatl.

Izcóatl o serpiente de fuego bien describía al caballero jaguar que imploraba al sacerdote. Como experimentado guerrero conocía bien este tipo de lesiones al infringirlas con su lanza al enemigo y el dolor que le producía cuando fallecían sus compañeros de armas.

La memoria aun le quemaba al recordar como hace algunos ciclos solares había fallecido uno de sus mejores amigos al ser emboscados por el enemigo mientras llevaban a cabo sus practica en terreno táctico de la escuela de guerra del prestigiado Calmecac en las tierras del sur. Al sorprender al enemigo cuando atrapaba y mataba al sagrado Quetzal. El pecho le seguía quemando a Izcoatl cada vez que se acordaba de estos tristes recuerdos con un fuego que nunca se paga y que aun en las noches lo despertaba frecuentemente. De ese tamaño era el monolito que llevaba a cuestas el veterano jaguar.

- Supremo sacerdote se extingue la llama de la vida, Libérelo de su destino ya.

Izcoatl se dirigió sin miramientos al chamán exigiendo una pronta respuesta.

El Chaman seguía en silencio paralizado por sus temores y por lo que se le pedía. El quitaba la vida pero no la reparaba. Mataba para los dioses pero no curaba, y ¿porqué abría de hacerlo si su función era impulsar al sol por el firmamento?

- Yo impulso al sol al ofrendar corazones, el es un guerrero. Su sangre será bien recibida por Tonatiuh.

- No, no lo traje hasta aquí como ofrenda, no se confunda, este no es un prisionero capturado en batalla. Lo traje para que lo sanes. Es uno de mis mejores guerreros y es mi amigo. No puedo volver a perder otro de la misma manera.

Izcóatl para este momento estaba ya fuera de sí. Sentado en cuclillas frente a la piedra de los sacrificios se mecía rítmicamente de adelante a atrás con un vaivén que no terminaba nunca, producto de la desesperanza ante las repetidas negativas que el supremo sacerdote le daba, con la vista perdida en el valle de Anáhuac lloraba ya en silencio.

Izcóatl había peleado ferozmente contra el enemigo para rescatar a su amigo tras líneas enemigas y correr desde la periferia de la gran Tenochtitlán donde habían sido emboscados por los Tlaxcaltecas. Su espíritu se desmoronaba cuando salió de este trance con una vibración grave que erizó los pelos de sus compañeros y hasta del supremo sacerdote. Era como un lamento de baja tonalidad que iba creciendo. Como si la tierra se preparara para temblar al abrirse el inframundo. Con los ojos desorbitados y obsidiana en mano se levantó y de un salto se precipitó hacia la piedra de los sacrificios gritando.

- Pues si no lo haces tú lo hare yo.

Mientras abría con furia y de un solo tajo el tórax de su compañero.

Izcóatl fue inmediatamente sometido con fuerza por sus compañeros quienes se habían levantado como un rayo en cuanto vieron la escena. Aun sometido Izcóatl forcejeaba y sus ojos brillaban con furia.

El Chaman se incorporó con viveza, tomó a Izcóatl por el pelo y lo jaló varias veces zarandeando su cabeza a uno y otro lado.

- Como te atreves a profanar de esta manera mi templo. Quién crees que eres para abrir un cuerpo. Tú eres el que deberías estar en ese monolito y con gusto levantaría tu corazón para ofrecerlo a los dioses.

Decía el sacerdote quien finalmente había salido con gran indignación y coraje de su estado de temor e indiferencia y ahora sacudía la cabeza de Izcóatl haciéndoselo saber.

La pasión por salvar a su amigo a toda costa había movido al supremo sacerdote quien finalmente soltó la cabeza del insolente para acercarse al tórax abierto del guerrero. El sol del medio día iluminaba el corazón palpitante enclavado por la flecha enemiga.

El Chaman introdujo sus manos al tórax y cortó con la obsidiana ampliando la ventana del pericardio para poder visualizar mejor la herida. De inmediato un chorro de sangre rojo rutilante entremezclada con coágulos salto impulsada por los latidos cardiacos. El ventrículo izquierdo se debatía tratando de expulsar con sus movimientos la infame flecha transmitiendo su movimiento a lo largo de toda ella dentro y fuera del tórax.

El supremo sacerdote quien también había sido un guerrero en sus años mozos sabía de sobra que si solo arrancaba la flecha del corazón latiente el mexica terminaría pasando rápidamente al inframundo al manar la poca sangre que le quedaba a la piedra de los sacrificios. Por lo que con cuidado acercó sus dedos al corazón palpitante, pero ahora con otro fin al acostumbrado.

Lo habitual era que clavara los dedos en las aurículas, donde se encontraban las paredes más delgadas como una garra de jaguar que al cerrase apresando parcialmente el corazón exponía los granes vasos de entrada y salida de la víscera que rápidamente cortaba con una obsidiana antes de elevarlo al firmamento. Ahora era todo lo contrario, debía ser cuidadoso y contener a la serpiente roja que luchaba por salir del corazón del caballero águila.

Con la mano izquierda tapó de inmediato la cabeza de Quetzalcóatl, la hemorragia se contenía con esta maniobra mientras que con la derecha empezó a jalar suavemente la flecha mientras que avanzaba su dedo índice de la mano siniestra sobre la herida expuesta. Venía el paso más crítico, el retiro del arma por completo del ventrículo izquierdo. Con un rápido movimiento al final retiro la detestable flecha y todos los dioses ayudaron al acercar los bordes del miocardio sellando de inmediato la herida cardiaca. El sangrado era escaso pero debía contenerse y crear un dique para que el vital fluido no se escurriera como agua del lago de Texcoco entre los dedos de los pescadores.

Uno de los ayudantes del Chaman que se había mantenido atento atrás del humo de copal brinco a la escena en cuanto lo miró. Tal era el vínculo entre el maestro y el alumno, como si estuvieran conectados por un hilo invisible. Intuyendo el paso que seguía acerco al Chaman el hilo de henequén montado en una aguja de maguey tal como lo hacía para suturar las heridas de los caídos en batalla. El supremo sacerdote la tomó con la mano derecha sin dejar de contener la herida en el corazón palpitante. Pasando en tres ocasiones de manera mágica el hilo y así cada borde de la herida quedó nuevamente unido. Acto seguido el ayudante con gran cuidado anudó los dos extremos de cada hilo confinando al dragón rojo a su cueva en las profundidades del corazón. La puerta había sido cerrada aunque la cabeza de la serpiente golpeaba las paredes de los ventrículos furiosa por salir. El sangrado cesó. El guerrero seguía pálido como la nieve del Iztacihuatl.

Lo imposible había sido posible. Gracias a la pasión de un guerrero jaguar que se negó a aceptar el destino de su compañero de armas. Y la luz que a gritos había solicitado Izcóatl ahora iluminaba el corazón de su amigo en el momento que el Chaman retiró sus manos del tórax. La luz solar parecía convertirse en el impulso del latido cardiaco que paulatinamente iba tomando fuerza como una carrera de relevos para el emperador.

El ayudante continúo colocando hilos de henequén a lo largo de la gran herida que Izcóatl abrió, cerrando el tórax del enfermo.

La flecha maligna finalmente cayó al piso rebotando un par de veces sobre la piedra, su poder sobre este guerrero había terminado.

El joven caballero águila gemía ahora por el dolor, en la piedra de los sacrificios y abrió sus ojos buscando despavorido su corazón proyectado al cielo en el sol del zenit en la mano del sacerdote como habitualmente veía cuando subía a sus prisioneros para ser sacrificados. Durante breves segundos buscó su corazón por el firmamento antes de volver a desmayarse por el dolor y el sangrado. En vez de esta imagen, vio al sacerdote sin el cuchillo o el corazón y empuñando una aguja de maguey con hilo de henequén.

El supremo sacerdote dio unos pasos atrás para enjuagarse las temblorosas manos en una vasija de barro que estaba en un metate sobre la pequeña plataforma donde solía sentarse antes de iniciar los sacrificios. El humo del copal en las esquinas de la pirámide ascendía al cielo dando un marco para lo sublime.

El supremo sacerdote volteo a ver Izcóatl sus ojos aun reflejaban su desaprobación cuando habló.

-     Izcóatl; serpiente de fuego. Bien llevas tu nombre.

Sus compañeros finalmente habían soltado a Izcóatl cuando esté vio que el proceso de curación había terminado. Su respiración fue normalizándose poco a poco al mismo tiempo que la ventilación de su subalterno y amigo mejoraba. Con cuidado los caballeros jaguar y el ayudante del Chaman bajaron al guerrero de la piedra de los sacrificios para colocarlo en un petate y cubrirlo con mantas blancas que remataban a cada extremo en unas grecas azul maya. El ayudante le sostenía la cabeza y acercaba un incensario de barro con copal para ahuyentar a los malos espíritus y darle a beber pellote una bebida amarga que le calmó el dolor.

-     Tardará varias lunas en recuperarse si es que sobrevive.

Le dijo finalmente el supremo sacerdote a Izcóatl mientras lo miraba a los ojos.

- ¡Ahora será la voluntad Quetzalcóatl la que hable y veremos si eres tan obstinado para desafiar a los dioses. Te debí de haber sacado el corazón a ti Izcóatl para ofrecerlo a los dioses en vez de tu compañero!

El coraje contenido aun era visible en el rostro pintado de negro del sacerdote.

- No me intimidas Chaman con gusto hubiera cambiado por su lugar en la piedra de los sacrificios. Pero finalmente te agradezco. Y que la voluntad de los dioses sea la que sea será aceptado, pues se ha hecho el mejor esfuerzo. De ahora en adelante no solo sacarás los corazones de nuestros enemigos, sino que también tendrás el don de repararlos. Hoy un cambio histórico para nuestro imperio se ha establecido al contener a Quetzalcóatl en el pecho de este guerrero. Que el copal purifique tu espíritu, los dioses continúen guiando tus manos y la llama del fuego nuevo renueve tu espíritu cada amanecer para darte siempre valor.

Estas fueron las últimas palabras que Izcóatl exclamó antes de iniciar su descenso por el extremo de los escalones de la gran pirámide del sol, sin darle nunca la espalda a su Dios, al Chaman o a su imperio. El monolito que oprimía también su alma, por fin había sido removido.

-FIN.

31 DE DICIEMBRE DEL 2018.

BRISA MARINA

¡Esfuérzate y se valiente y Yo estaré contigo!

BRISA MARINA

Era medio día y la parvada de aves marinas continuaba su ascenso en espirales lentos sobre el océano. Con sus grandes alas desplegadas y sin necesidad de aletear, las fragatas hábilmente atrapaban las corrientes de aire caliente que desde la superficie del mar ascendían como corrientes de convección. Parientes de los albatros, las fragatas sabían cómo volar alto dosificando su energía sin necesidad casi de moverse.

Desde ahí vigilaban la superficie del mar en busca de los tan anhelados destellos plateados que los grandes cardúmenes de peces migratorios como las sardinas producían con el reflejo del sol.

Sin embargo hacia días que no pescaban nada.

Brisa y Tormenta dos jóvenes fragatas seguían a toda la parvada volando cerca de los adultos. Las corrientes de aire caliente los mecían suavemente haciendo que se olvidaran de sus estómagos vacios.

- No se ve nada aquí.

Comentó Brisa.

- Ni un pez.

Respondió Tormenta.

- Debemos de movernos a otro sector del océano no tiene caso seguir elevándonos.

El sonido del oleaje, que ascendía hacia que por momentos las aves cayeran en un ligero sueño. Lo cual aliviaba sus fatigadas alas.

- ¿Y si buscáramos abajo del agua en vez de sobrevolarla?

Pregunto Brisa inquieta sacando de su ligero sueño a Tormenta.

- Solo nos zambullimos después de haber localizado nuestro objetivo.

Comentó seriamente Norte. Un prestigiado instructor de la parvada que alcanzó a oírlos mientras pasaba cerca de ellos.

- ¿Norte que hay allá abajo, más allá de la superficie del mar? Podríamos zambullirnos más profundo para ver los arrecifes y encontrar el gran cardumen plateado.

Dijo Brisa con la llama de la inquietud en sus ojos.

- Nunca entramos en el mar más allá de lo estrictamente necesario para pescar, somos aves marinas no peces Brisa. Los grandes escualos, al igual que nosotros, también patrullan el mismo mar en busca del cardumen.

Comentó fríamente el instructor. Había visto muchas aves devoradas al sobrepasar el límite de profundidad que fijaba el manual.

- ¿Pero nunca les ha interesado Norte?

Tercio Tormenta apoyando a su hermana.

- Primero es la supervivencia, luego todo lo demás. Qué pasa con ustedes se los enseñaron desde la escuela de vuelo. Con esa mentalidad no duraran vivos para ver a sus polluelos.

Brisa y Tormenta suspiraron en silencio al oír la sentencia del instructor.

Esto del patrullaje aéreo les aburría en extremo y no veían más que azul en el cielo y azul marino en el océano hasta donde su vista alcanzaba en esa inmensidad. No había nada más que cielo y mar. Y la eterna lucha por la supervivencia.

Había días emocionantes cuando pescaban y evitaban a los grandes tiburones blancos en el mar abierto en un juego mortal, pero llevaban muchos días sin pescar. Algunos de sus compañeros menos afortunados ya se veían más delgados.

- ¿Oye Tormenta y si los peces han aprendido a nadar más profundo como mecanismo de supervivencia para evadir nuestro patrullaje?

Preguntó inocentemente Brisa.

- Nunca he oído semejante disparate. Todo mundo sabe que ha mayor profundidad mayor tamaño de los escualos. Las sardinas se escurren como rio plateado a baja profundidad costeando para evitar a los delfines, barracudas y tiburones. Pagina número quince del manual de pesca y patrullaje aéreo. Ya lo sabes Brisa.

Comentó con sorna su hermano mayor.

- Pues yo opino que deberíamos investigar en vez de
seguir volando en círculos que no nos llevan a ningún
lado. Veamos.

- ¡Hey Norte! Allá abajo. En el radial de las nueve. Una
sombra. Parece un cardumen.

Gritó Brisa con chillidos agudos para asegurarse que su instructor
la escuchara a pesar del viento. Sin importar la veracidad de sus
palabras.

- ¿Dónde? no lo veo.

Norte movía su cuello barriendo con la mirada todo el sector de
la superficie marina que la joven le indicaba.

- ¡Ahí, ahí!

Insistió dramáticamente Brisa para enfatizar sus palabras
aleteando histriónicamente. Cosa que casi no se le daba en su
personalidad.

Tormenta sonrió pues sabía de sobra la jugarreta que la alumna
trataba de hacerle a su instructor para romper la formación y
el eterno patrullaje aéreo sobre el mar, y guardó silencio siendo
una vez más cómplice de su hermana.

- ¡Haber ustedes dos síganme!

Ordenó Norte mientras rompía la formación apartándose de la
parvada.

Descendieron suavemente en giros más abiertos que los de la parvada para no chocar con el resto de sus compañeros que venían ascendiendo. Las colisiones aéreas eran muy mal vistas y severamente sancionadas por las fragatas ya que podían lesionar gravemente las alas, condenando a los implicados a flotar sobre el mar y a una muerte segura cuando los depredadores los detectaban indefensos.

- ¡No veo nada Brisa, y si esta es otra de tus bromas te sujetaras a los correctivos disciplinarios que el consejo de honor tenga a bien imponerte!

Ya planeaban sobre las olas meciéndose de una a la otra, como sus primos los pelicanos, con sus alas completamente desplegadas para optimizar las suaves corrientes de aire que acompañan a las crestas de las olas, permaneciendo suspendidos sin necesidad de aletear. Era todo un arte el vuelo lento marino.

- Prepárate para los picotazos que te voy a dar si no encontramos nada por dar parte en falso Brisa.

Insistió el cada vez más molesto instructor. A pesar de ser generalmente tranquilo su malestar iba en ebullición, como los volcanes de algunas islas que en ocasiones veían desde las alturas a mitad del pacífico.

- Ahora sí que lo hiciste enojar Brisa.

Le susurró Tormenta, con voz traviesa, cuando se apróximo a la punta de su ala mientras seguían volando en formación a baja altura.

- ¡Bueno veremos de que están hechos!

Dijo molesto Norte al mismo tiempo que plegaba sus alas hacia atrás alineándolas con su pico y fuselaje. Al hacer esto las fragatas se convertían en verdaderas flechas vivientes minimizando el impacto contra la superficie del mar, picando contra el mar desde 10 metros de altura rompiendo el espejo del agua casi de manera imperceptible y sumergiéndose hasta 10 metros de profundidad.

De manera nata contenían el aire en sus pulmones durante la inmersión dejando una estela de pequeñas burbujas mientras descendían. El azul profundo del océano se abrió ante los ojos de las tres aves marinas, recibiéndolos en su seno al mismo tiempo que el silencio atenuaba todos los sonidos de la superficie. Estaban ahora inmersos en la majestuosa inmensidad.

Diez metros era el límite de profundidad que el manual de vuelo e inmersión marcaba en las prácticas de mar abierto para todas las aves marinas. Por debajo de esta profundidad estaba prohibido nadar.

Brisa se sacudió ante el espectáculo que veían sus ojos. La grandeza del océano, del mar abierto estaba ahí. Estaba acostumbrada a sumergirse a baja profundidad en aguas costeras pero nunca lo había realizado en mar abierto.

Abrió sus ojos despavoridos y agitaba de manera desordenada y rápida sus alas y patas. A ese ritmo consumiría rápidamente su reserva de aire. Ella lo sabía y el manual claramente lo especificaba pero no pudo contenerse ante el miedo que sintió al entrar en el mar abierto.

"Nade de manera relajada, sin luchar contra la corriente, no trate de alcanzar los peces que estén distantes o se quedará sin aire y se ahogará." Especificaba el artículo de su manual. Lo sabía de memoria pero no podía ponerlo en práctica en este momento.

Tormenta la observaba nadando tranquilamente a su costado pero nada podía decirle bajo el agua. Le toco una de sus alas para llamar su atención y señaló una hermosa formación coralina que pasaban a unos cinco metros de distancia donde el litoral se une con el mar abierto y le mostró también a los pequeños peces sargento que nadaban en círculos sobre los manchones de diminutos huevecillos depositados entre los corales.

Brisa al distraerse empezó a moverse de manera más lenta recuperando poco a poco su entereza. La expresión de su pico y ojos se suavizó.

Norte continuaba nadando de manera paralela a la gran pared de arrecife que dividía el mar abierto del litoral cuando observaron a los lejos y mayor profundidad, una enorme bola viviente con miles de diminutos ojos. Los destellos plateados inmediatamente los delataron.

Brisa tenía razón a falta de escualos en esta época del año las sardinas habían aprendido a nadar a mayor profundidad para evitar el patrullaje aéreo de las fragatas manteniendo una formación cerrada.

Para Brisa de manera instantánea el temor se convirtió en asombro y sensación de júbilo cuando vio el cardumen a 20 metros de profundidad.

Sin embargo no había tiempo para perseguirlos, las fragatas aprovechaban toda la energía que les daba la altura convirtiéndola en una picada veloz para entrar al océano a una profundidad considerable pero no podían nadar largas distancias bajo el agua. Debían emerger antes de que llegaran a su reserva de aire.

Norte apuntó su pico hacia la superficie y comenzó al ascenso. Desde diez metros de profundidad bastaba con un par de buenos aletazos de sus patas planas y alas para alcanzar la superficie nuevamente.

Emergían progresivamente cuando lo inesperado, sucedió.

Faltando cinco metros para la superficie, Brisa; súbitamente desvió su mirada, abrió el pico y exhaló, aflojando todo su cuerpo.

Tormenta a un metro de ella vio con horror como Brisa perdía el conocimiento y toda señal de vida exhalando al mismo tiempo una gran columna de burbujas. El corazón le latía con fuerza. Sabía, perfectamente que su hermana iba a morir si no actuaba rápido y probablemente aunque lo hiciera. Norte nadaba adelante de ellos y no se había percatado de lo que ocurría.

Bajo un instinto de supervivencia Tormenta empujó a su hermana con todas sus fuerzas apoyando el pico contra su cola y aleteando como nunca lo había hecho, como si su propia vida dependiera de ello. Rompieron el espejo del agua justo en el momento en que Brisa jalaba la primera bocanada de aire junto con un poco de agua salada. Con sus alas esparcidas sobre el mar y la cabeza sin tono muscular. Tormenta la sostuvo en la superficie colocándose bajo de ella para que no sé hundiera y metiendo todo el aire que pudo a sus pulmones para mantenerla a flote. La maniobra de rescate ejecutada de manera automática funcionó a la perfección como tantas veces se lo habían enseñado en la escuela de búsqueda y rescate.

Norte que ya flotaba sobre la superficie se percató de lo que estaba ocurriendo.

-    ¿Qué pasó?

-    Brisa perdió el conocimiento en el ascenso a la superficie.

Le informó rápidamente Tormenta, quien aun luchaba por mantenerla a flote, y con sus alas hacer que su cuello y pico estuvieran por arriba de la superficie del mar para que no siguiera tragando agua.

- ¡Sobrepasó su límite de apnea. Al nadar de manera desesperada sus músculos aumentaron el consumo de oxígeno y al ascender la diferencia de la presión parcial a menor profundidad le produjo el desmayo!

Al acercarse a examinarla Brisa empezó a toser, sacando un poco de agua marina mezclada con espuma rosada y finas burbujas para finalmente despertarse por el esfuerzo y las inhalaciones profundas que su tórax forzó.

Brisa empezó a agitarse liberándose de su hermano y propinándole de paso fuertes picotazos, trataba de nadar y huir en círculos, aleteando de manera desordenada con los ojos desorbitados, todo producto de la hipoxia que su cerebro había experimentado. El frenesí estaba a punto de hacer que levantara el vuelo.

- ¡Cálmate Brisa y recobra tu entereza!

Le gritó de manera severa Norte mientras la sujetaba con su pico de una de sus alas cuando pasó nadando junto a él. El experimentado Instructor sabía que un ave en pánico podía volar sin rumbo durante horas golpeándose contra las rocas u otras aves de la parvada ocasionando mayores desgracias.

- ¡No agraves la situación. Relájate, descansa y mete aire. Por poco te ahogas!

Tardó un buen rato para que Brisa fuera eliminando el bióxido de carbono acumulado en su sangre por el esfuerzo muscular realizado y que las cifras de oxígeno le permitieran pensar con claridad nuevamente.

Ya pardeaba cuando la fragata pudo recuperar las fuerzas para volver a emprender el vuelo y ascender hasta la parvada. Todas esas horas Tormenta y Norte habían permanecido con ella flotando en la superficie del mar.

Finalmente suspendida en el aire Brisa recapituló en su mente lo sucedido, estremeciéndose nuevamente al volver a sentir la muerte inminente.

- Por poco muero allá abajo.

Dijo una fragata temblorosa.

- Cierto. Pero no debes dejar que te domine el miedo. Y para tu información Brisa tu descubrimiento el día de hoy es algo asombroso e histórico para la parvada que permitirá que tus hermanos se alimenten el día de mañana. Comentó de manera ecuánime y pausada el instructor.

- El problema está en que tendremos que descender más de lo permitido en los estatutos internacionales de aves migratorias del océano y manuales de vuelo e inmersión de las aves marinas. No recuerdo que nunca se haya realizado semejante hazaña.

Terció Tormenta.

- Pues bien vale la pena. Brisa; lo sucedido haya abajo fué producto de un nado agitado ya lo sabes. El miedo es una reacción natural del organismo que asegura nuestra supervivencia. El que no tiene miedo está muerto. La reacción es desencadenada por la liberación de sustancias prodigiosas al torrente sanguíneo que nos permiten dar un extra en todas nuestras funciones; fuerza muscular, reflejos, velocidad de pensamiento, y agresividad para poder sobrevivir en momentos de peligro extremo. Luego entonces; el miedo es algo natural y útil. Pero no puedes permitir que ese miedo domine tus acciones en un futuro. Una buena fragata analiza la información de lo sucedido para obtener una enseñanza y de esa manera poder actuar mejor en un futuro.

La sabiduría del instructor de vuelo era profunda y producto de muchas horas y experiencias acumuladas a lo largo de los años. Sus conocimientos en la parvada se habían ido concentrando como con cada espiral ascendente que daba.

- No puedes permitir que el miedo te paralice Brisa, mañana guiaras a toda la parvada a ese cardumen. Será diferente, bajaras y traeremos esos peces para alimentar a todos tus hermanos. Descansa y no creas que me engañaste al encontrar ese cardumen por casualidad.

Norte guiñó el ojo antes de romper la formación por la banda de estribor y lo expresó con una sonrisa condescendiente.

Al día siguiente toda la parvada ya volaba con los primeros rayos del sol.

La noticia de que se había localizado un enorme cardumen en aguas profundas había circulado de inmediato como fuego en un buque petrolero, devolviendo la esperanza a las hambrientas aves.

Brisa, Tormenta y Norte volaban encabezando una formación triangular que guiaba a todas las fragatas. En el vértice de ese triángulo volaba Brisa buscando nuevamente los reflejos o las sombras de ese cardumen en aguas profundas.

Le temblaba el pico y las alas. La incertidumbre y el miedo la hacían dudar.

- Hermano no sé si voy a poder hacer esto.

Expreso Brisa con voz temblorosa. La enorme responsabilidad de guiar a todas las fragatas le estrujaba el pecho. Todos sabían que para alcanzar el cardumen a 30 metros tendrían que picar desde mayor altura para poder alcanzarlo con una sola bocanada de aire. Pero si algo salía mal y Brisa confundía las sombras del arrecife con el cardumen muchas aves terminarían estrellándose contra las formaciones calcáreas a gran velocidad con muchas muertes. Para empeorar aún más las cosas el recuerdo del pánico que sintió el día anterior al perder el conocimiento en la inmersión rondaba por su cabeza esperando el momento oportuno para controlar su mente y paralizar su cerebro.

- ¡Tranquila Brisa. Vas a hacerlo muy bien. Nosotros volamos justo detrás de ti, y te apoyamos hasta el final. Donde tú inicies la picada toda la parvada te seguirá. Eres capaz y estas bien preparada!

Dijo Tormenta con voz pausada.

- Tomate tu tiempo Brisa.

Dijo Norte con voz firme. Norte conocía bien a Brisa, pues había sido su instructor desde que era cadete.

Brisa seguía temblando como el hígado de los peces sobre las rocas. La ofuscada fragata volteó a ver el horizonte, una fina línea separaba el mar de los cielos, cerró los ojos para sentir la caricia del sol en su cabeza y pico, el aire caliente que atrapaba con sus alas extendidas la reconfortaba y elevaba suavemente ganando mayor altura. Su frecuencia cardiaca fue disminuyendo progresivamente, sus músculos se relajaron, los sonidos de la parvada y del viento se fueron apagando, todo parecía transcurrir lentamente, cuando en su interior escucho una voz, como el retumbo del trueno en la lejanía, que decía:

- ¡Esfuérzate y se valiente y Yo estaré contigo!

- ¡No temas!

Brisa abrió los ojos ligeramente sin saber que había sido eso. ¿Acaso estaba alucinando? Sabía perfectamente los síntomas del estrés postraumático y de cómo algunas aves marinas se volvían locas después de tener experiencias cercanas a la muerte.

- ¡Esfuérzate y se valiente y Yo estaré contigo!

Volvió a escuchar en su mente y en todo su cuerpo. La sonora vibración recorría todo su cuerpo produciendo ecos en sus plumas y las alas.

Ahora no había duda de que lo había no solo escuchado, sino que el mensaje había sido asimilado.

- ¡Esfuérzate y se valiente y Yo estaré contigo!

El mantra sonó y se sintió por tercera ocasión. De donde venía, no lo sabía pues no estaba escrito en ningún manual.

- ¡Esfuérzate. Busca el cardumen, no temas, sumérgete con valentía hasta los treinta metros Brisa y Yo estaré contigo en cada momento!

Con los ojos cerrados Brisa pudo ver y sentir la presencia del cardumen nadando en aguas profundas justo debajo de ella. Abrió los ojos solo para confirmar lo que su corazón ya había visto. Plegó sus alas hacia atrás de su cuerpo e inició sin titubeos una veloz picada desde gran altura seguida por Tormenta, Norte y toda la parvada.

El mar crecía a gran velocidad, justo antes de entrar al agua, inhalaron con todas sus fuerzas para llenar sus pulmones con aire marino. Como flechas descendieron dejando una estela de finas burbujas que salían desde sus plumas. Al enderezar el pico se encontraron en medio del enorme cardumen. Habían dado justo en el blanco, y el enorme cardumen desprevenido ante esta nueva estrategia de las fragatas no tuvo tiempo para reaccionar.

Con asombro Brisa pudo ver como toda la parvada se alimentaba de las suculentas sardinas. Estaba tan maravillada de lo acertada de su intuición que por poco olvida atrapar las sardinas que nadaban despavoridas a su lado. Habían sobrepasado todos los límites que especificaban los manuales de vuelo y buceo. Este era un momento histórico para la parvada, la primera vez que rebasaban los diez metros de profundidad.

El mar los había recibido en su seno para alimentarlos con abundancia y benevolencia como un padre justo y esforzado que cuida de todos sus hijos.

Algunas Fragatas nadaban alrededor del cardumen persiguiendo a las sardinas. Al ver esto Brisa recordó lo sucedido el día anterior y checó su consumo de aire para de manera nata iniciar el ascenso hacia la superficie exhalando de manera continua el aire de sus longilíneos pulmones, dejando un camino de burbujas que ahora toda la parvada seguía desde los treinta metros de profundidad hasta la superficie. La parvada había logrado cambiar sus conocimientos y lo escrito en los manuales de los océanos para lograr su supervivencia.

El ascenso se llevó sin novedad siendo el pico de Brisa el primero en romper el espejo del agua seguida de Tormenta, norte y todos sus hermanos de la parvada.

Su liderazgo había cambiado para siempre a la parvada. No solo en sus conocimientos y prejuicios, sino en estrategia y valentía.

Ahora todos se daban un festín en la superficie, riendo, gritando y correteándose entre ellos para disputarse hasta las últimas migajas, su hambre había sido saciada gracias a una valiente joven fragata que descansaba con el suave vaivén de las olas habiéndose sobrepuesto a todos sus miedos.

Miedo a impactarse contra los arrecifes por errores de cálculo, miedo a los tiburones, miedo a ahogarse. Pero sobre todo miedo de no cumplir con las altas expectativas de la parvada.

FIN

06 FEBRERO 2016.

CPSIA information can be obtained
at www.ICGtesting.com
Printed in the USA
BVHW081104110319
542311BV00012B/322/P